JN016687

聖女の加護を
双子の妹に
奪われたので
旅に出ます 2
My twin sister took away the divine protection of the saint, so I go on a journey.
ななみ
Illustration にもし

CONTENTS

CHARACTER

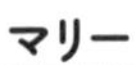

マリー

授かるはずだった光の精霊の加護を、双子の妹に奪われた少女。
実は日本の転生者で、見た目よりも大人な思考を持っている。
妹との暮らしに嫌気がさし旅に出るが、
様々な経験をして心身ともに成長していく。

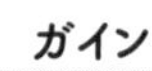

ガイン

S級冒険者『黒龍』のリーダー。
ロングソードを使う剣士。
厳つい顔つきだが、
本当の父のように優しくマリーを見守る。

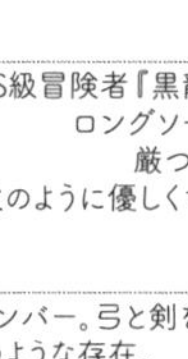

ハート

『黒龍』のメンバー。弓と剣を使う、
マリーの兄のような存在。
イケメンでよく女性に声を掛けられる。

フェルネット

『黒龍』の最年少メンバー。
闇魔法が得意で、少し中二病の気質がある。
マリーとは遊んだり悪戯をしたりと、
とても仲良し。

シド

『黒龍』の最年長メンバー。
みんなの相談役でもある歴戦の双剣使い。
マリーの魔法の師匠で、
優しく厳しく指導する。

教皇様

国王よりも権力を持つとされている。
マリーの加護を奪った事を知りながらも
リリーを容赦し、マリーを無事に
保護した人格者。

ノーテ

教会でのマリーの教育係。
マリーに対し厳格に接するが、
実はマリーの今後を心配している。

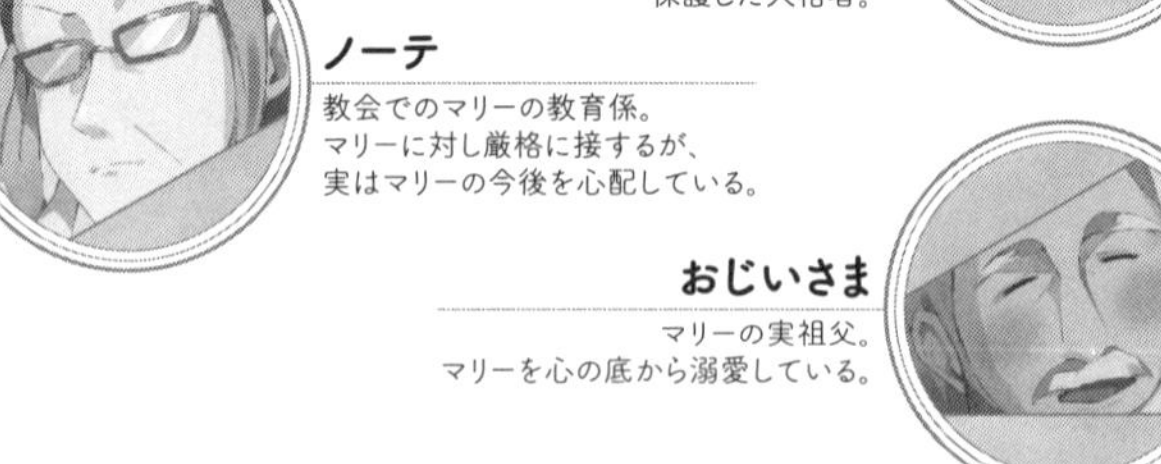

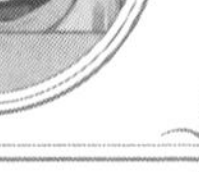

おじいさま

マリーの実祖父。
マリーを心の底から溺愛している。

STORY

授かるはずだった光の精霊の加護を、我儘な妹リリーに奪われたマリー。
光の精霊の加護は極めて珍しく、
聖女として教会で大切に保護されるはずだった。
リリーはいつもこうだ。
マリーのものを欲しがり、両親もリリーばかり可愛がる。
これ以上リリーと暮らせないと判断したマリーは、家を出る事を決意する。
目指すはおじいさまのいる王都。
S級冒険者『黒龍』を雇い旅に出た。
旅の中で様々な経験をし、愛され、成長していくマリー。
相変わらず我儘いっぱいに育てられるリリー。

一方、リリーが光の精霊の加護を奪った事を知った教皇は、
聖騎士を総動員し、マリーを教会で保護するよう奮闘する。
王都に着いてその事実を知ったマリーは、
黒龍メンバーの優しさを胸に教会に行くことを決心した。

教会では教育係のもと、
資料室の整理や裏庭の整備などの仕事を与えられたマリー。
初めは分からない事だらけで戸惑ったものの、
持ち前の素直さや努力で信頼を得ていく。
おじいさまや黒龍メンバーの支えもあって、賢く美しい女性に成長していった。

そして15歳になったマリーは教皇様に
聖女であることを打ち明けたのだった――。

第三章　冒険者編

お披露目前の控室

ここは教会の東棟にある厳かな控室。私は奥のパウダールームにいた。
窓からは、朝の爽やかな風が通り抜け、レース越しに柔らかい光が差し込んでいる。
目の前の鏡台には、たくさんのお化粧品が並べられていた。
とても静かで、ただ、蓋を開ける音や、ブラシで髪を梳く音だけが響いている。
今日は、夏の終わりの十五歳の誕生日。成人して聖女になる日。
私は朝早くから、ヘアメイク専門の白神官さんたちに囲まれていた。

「聖女様、如何でしょうか？」
「はい、完璧です……」

ああ私、本当に聖女になるんだ。
ただの中学生だった、この私が。

――そう。私の中身は十四歳の中学生。家族旅行帰りの車で事故に遭い、気が付いたらこの世界に生まれていた。五歳の時に光の加護を双子の妹に奪われた私は、冒険者を雇いおじいさまの暮らす王都を目指して旅に出る。色々あって全属性の加護が使えるようになり、これまた色々あって教会で黒神官として暮らしていた。そして今、聖女になるために、ここに座っている。――


うふふ。

前世も含め、生まれて初めてのお化粧で、なんだか落ち着かないな。

髪もハーフアップに結って貰ってそわそわする。

「聖女様、こちらへどうぞ」

彼女たちに手を添えて貰い、私は金色の大きな鏡の前に立った。

白いレースを贅沢に使ったドレスに着替え、鏡の中の私はどんどん変わっていく。

「聖女の色である真っ白なドレスと靴が、白い肌にお似合いです」

「ええ、ベージュ色の髪と、青緑の瞳がとても映えます」

最後に白い花を髪に飾って貰うと、私はくるりとスカートを翻(ひるがえ)した。

うわぁ。自分で言うのもなんだけど、綺麗に化けたなぁ。

「プロは凄いですね」

「とんでもございません。聖女様本来のお美しさですよ」

「お肌もこんなに艶（つや）やかで、羨ましいかぎりです」

私は彼女たちにエスコートされて、パウダールームを出た。部屋の隅（すみ）には、皺のない真っ白なシャツにグレーのスーツをきちんと着た商人のボルドーさんが、助手のコーデンさんと並んで立っている。二人の顔は青白く、緊張からか、帽子を固く握りしめていた。


私はドレスの裾（すそ）を丁寧に持ち、出来るだけ優雅に腰を落とす。

「本日は素敵なドレスや靴の他にも、色々と準備して頂き、ありがとうございました」

彼らはそれだけでなく、お化粧品や石鹸、お部屋の香りに至るまで、すべて私好みにしてくれた。付き合いが長いだけあって、私のことを把握している。

ボルドーさんは「光栄の極（きわ）みでございます」とコーデンさんと共に、芝居がかった仕草で頭を下げた。

「初めて出会った日のことや、靴を頂いた日のことは、一生忘れません。〝ファーストヒール〟は私の誇りです」

ファーストヒールとは、店主が将来を見込んだ娘に〝最初のヒール靴〟をプレゼントするこの世界の習慣だ。店の看板になるので、貴族の娘ですら容易に貰えないと聞いている。

あの靴は、サイズが合わなくなった今も私の宝物。

「あの『小さなお姫様』だった聖女様に、ファーストヒールを贈らせて頂いたことは、当店にとっても誇り（ほこ）りでございます」

ボルドーさんは表情をフッと緩め、とても懐かしそうに微笑んだ。

ふふふ。『小さなお姫様』か……。

そういえば昔のボルドーさんは、時々私をそう呼んでいた。


「聖女様。そろそろ皆様をお呼びしますね」

ドアの前にいた白神官さんがそう言うと、控室の大きな扉が両側から開け放たれる。しばらくして白い大理石の廊下の向こうから、カツカツという靴音と共に騒がしい声が近付いて来た。

五歳の時に王都まで連れて来てくれた冒険者であり、育ての親でもあるガインさんたちが控室に入って来る。彼らは私の姿を目にした瞬間、足を止めて息を呑んだ。


やだ、何か言ってよ。恥ずかしいじゃない。

白神官さんたちによるビフォー・アフターが凄いんだってば。

私は沈黙に耐えられなくなり、照れ隠しに聖女っぽく優雅に小首を傾（かたむ）けた。

グレーの髪を一つに束ねた師匠が「これは、これは」と最初に声を上げる。それを機にみんながドカドカと私の近くに歩いて来た。

いつもと違い、赤い髪をきちんと整えたガインさんがニヤニヤ笑い「化けるもんだな」と失礼なことを言う。大きな黒目を輝かせたフェルネットさんは「見違えたね」と可愛らしくウィンクをし、王子様みたいなハートさんが「綺麗だよ」と眩しそうに目を細めて微笑んだ。

「ハートさん。今日で娘の役を卒業です。本当に、本当に、ありがとうございました」

パレードの後、ハートさんは『教会からの極秘任務で、聖女の警護をするために父親を演じていた』と公表される。私と同じ〝ベージュの髪と青緑の瞳〟という理由だけで、父親役にされたハートさん。歳が近いから兄でも良かったのに……と、ガサツなガインさんの設定ミスと思っていたのは内緒だ。

「俺が望んだことだ。これからは、聖女としてマリーを守るよ」

今日のハートさんは聖騎士の白い制服を着ているから、いつもの倍はイケメンだ。そういえばみんなも、制服を着ていてかっこいい。『化けるもんだな』という言葉を、そのまま返したい。

「皆さんも素敵じゃないですか。制服がとてもお似合いです！」

「まぁな。娘のためなら仕方ねぇし」

ガインさんったら赤くなっちゃって。大きな体で照れ屋なんだから。

彼らは私と共に、聖女のお披露目パレードに参加する。

私と教皇様の張り付き警護に任命されたのだ。更に、ハートさんは風魔法で花びらを舞わせる係。

師匠も水をミストにして、私の周りにキラキラを降らせる係を兼任する。

ははは。運営さん必死すぎ。語尾に草とか生やしたい。


私はオープンカーではなくオープン馬車に乗り、教皇様の隣で全方位に疲労回復魔法をかけながら笑顔を振りまく。足元にはお高い魔力の回復薬が、大量に準備されるらしい。

ホント運営さん、どんだけよ。

王都の中心にある教会を出て大通りをグルッと回り、戻って来たら終了だ。

大好きなおじいさまとは、パレードの後に合流する。

聖女の初舞台だし、頑張らなくては。


「よし、お前ら！　気合を入れろ！」

いつものようにガインさんの掛け声で、私たちはパレード用の馬車に向かった。

閑話　ルディ（リリーの幼馴染）が見た聖女のパレード

王都から一番遠い地にあるルバーブ村を出て数か月。やっとの思いで辿り着いたら、街はお祝いムード一色だ。なんと明日、聖女様のお披露目パレードが行われるらしい。

知らなかった。


おっと。

気を抜くと、道行く人にぶつかりそうになる。

「アルフ先生。王都はとても人が多いですね」

「迷子になるなよ、ルディ」

アルフ先生は僕の火魔法の教師だ。幼いころから言葉使いやマナーも教えてくれた。僕は兄のように慕っている。面倒見のいい先生は、護衛も兼ねて王都まで一緒に来てくれた。

僕は先生のような魔法の教師になるために、王都にいる先生の師匠の下で、助手を務めながら下宿する。

僕たちは先生の師匠の家に向かい、王都の街を歩いていた。

「アルフ！」

古い魔道具店の前で、恰幅（かっぷく）の良い年配の男性が人混みの中、僕たちに手を振っている。

「オニキス師匠！」

アルフ先生はその男性に駆け寄ると、邪魔にならないよう人混みを避けて脇道に入った。

「奇遇ですね！　今、ご自宅に向かっているところでした。彼は、手紙に書いた私の教え子のルディです。ルディ、こちらは私の師匠であるオニキス先生だ」

「ルディです。よろしくお願いします！」

「よろしくな、ルディ。パレードに間に合って良かった」

オニキス先生はまっすぐに僕の目を見て、両手をがっちりと握る。

誠実そうで、とても上品な雰囲気の方だ。さすが、都会。人も街も洗練されている。

「聖女様は僕と同じ年なんですね。全く知りませんでした」

「私も初耳です」

「今まで極秘だったらしい。せっかく来たんだ。アルフもうちで、ゆっくりしていけ」

オニキス先生もアルフ先生も、新しい聖女様の誕生に興奮していた。

そりゃそうだよな。ご高齢の聖女様はそろそろ引退するという噂だし。それに効果の高い回復薬が開発されているけれど、やっぱり聖女様は特別だ。


「ところで師匠。どうしてこちらに？」

「ルディのために、アレをね。ちょうど良かった」

「ああ、アレですか」

二人は笑って大通りに出ると、先ほどの古い魔道具店に僕を連れて行く。

店には見たこともない透明なケースの中に、高価な魔道具がきちんと並べられていた。

うわぁ、時計を見たのは初めてだ。全部きちんと動いてる。

商品はどれも、正規の魔道具だ。ルバーブ村の仲間が見たら、驚くだろうな。

オニキス先生は僕に〝魔力で書けるペン〟をプレゼントしてくれた。

「こんな高価なものを？」

「私も貰ったよ」

アルフ先生は胸ポケットのペンを人差し指で叩く。

僕は貰ったペンを両手で握り、深くお辞儀した。

頑張ろう。僕も立派になって、ペンを贈れる人になりたい。

「さぁ、家に帰ろうか」

オニキス先生は僕たちを、屋敷まで案内してくれた。

「今日からお世話になります」

「好きに使ってくれていいからね」

石造りの大きな屋敷。王都は表札代わりのカラフルな扉の家が多いが、先生の家は渋めの青だった。時々弟子を下宿させていたようで、同居には慣れた様子。食器もたくさん揃っている。

「旅の疲れもあるんだ。二人とも今日は早く寝なさい」

「「はい」」

僕たちは食事を終えると早めに風呂に入り、それぞれに与えられた部屋に向かった。

荷物もそのままにベッドに入る。

見慣れない高い天井と、初めての柔らかいベッドに少しだけ落ち着かない。

今日からここが僕の部屋になるんだ……。

王都はすごいな。

翌朝、僕たちはパレードを見るために、夜明けに起きて屋敷を出る。

空には雲ひとつなく、空気は乾燥していた。

「すごい人だな」

「すごい人ですね」

「はい……」

近隣の街からも人が集まり、既に王都は人で溢(あふ)れかえっている。

舗装された大通りや美しい建物。露店(ろてん)や大道芸、吟遊詩人の歌や踊り。

街全体が笑顔と期待感に包まれて、みんなどこか浮ついていた。


「別世界ですね。何もかもが新鮮で、現実とは思えません」

「あはは。普段はここまで賑(にぎ)やかじゃないさ。今日はお祭りだ」

何とかパレードが見学出来る場所を確保して、僕たちはワクワクしながら聖女様を待った。

遠雷のように少しずつ歓声が近付いて来ると、僕の心臓は高鳴り初める。

ああ、はやる気持ちを抑えきれない。


先導は、白い馬に乗る白銀の鎧の聖騎士たち。

続いて白い制服を着た聖騎士の列が、教会の紋章の旗を掲げて歩き、鼓笛隊が通り過ぎて行く。

ひと際大きな歓声と共に、最初に見えて来たのは空を舞う花びらだ。

それはまるで、天からの祝福のようだった。

そして、虹色に煌めく光の粒の中、聖女様がいた。

手を振る彼女の華奢な腕は儚げで、ベージュの髪はさらさらと風になびいている。

数多の聖騎士に囲まれて、屋根のない豪華な馬車に乗り、教皇様の隣で優雅に微笑む彼女は女神そのもの。

美しい。あぁ、なんて美しい人なんだ……。

僕は生まれて初めて、心を掴まれるような感動を覚えた。


「「わぁ!!」」

周りと一緒に、僕も思わず声が出た。

なんだこれ！

聖女様がこちらに手をかざすと僕の体は軽くなり、背中がほんのり温かくなったのだ。

沿道にいる全員に、疲労回復魔法を放ったんだ。

初めて受けた魔法に、僕は圧倒されて言葉を失った。すごい魔力量だ、桁が違う……。

聖女とは、こういうものなのか。国民が熱狂するわけだ。

「先生……」

「ああ。本物は初めて見たが、聖女様は我々と格が違う」

「ええ、圧倒的な力をお持ちなんですね。感動です」

先生方も聖女様を見て惚(ほう)けていた。

その間にも歓声はどんどん遠ざかっていく。

しかし、ここにいる誰も、しばらく動くことが出来なかった。

パレードの裏側

教会の正門前広場は、朝早くから大騒ぎ。

白神官が仕切る中、先導の聖騎士たちが次々と出発して行く。

「教皇様、聖女様。お気をつけて。ガインさん、よろしくお願いします」

やっと順番が来た私たちも、オープン馬車で教会を出た。


予想していた規模を、遥(はる)かに超えている……。意図的に情報を漏らしたとはいえ、正式な告知は直前だった。それにもかかわらず大通りに出ると、大勢の人が押し寄せている。

人々の期待と興奮で圧がすごい。もう、腹を括(くく)るしかない。

空は澄み渡り、太陽の光が徐々に王都の街を照らしていく。晴れて良かった。

警護のため馬車の前後左右に、ガインさんたちがぴったり付いて歩いている。

「ハート、無事か？　シドさんは早めに回復薬を。フェルネット……は、そのまま頑張れ」

あ、フェルネットさんが索敵酔いをしている……。

緊張した面持ちのガインさんの声は、いつも以上に力強かった。

演出をしながら、警護の指揮もするガインさんは大変だ。

娘の晴れ舞台だと気合を入れているけれど、こっちが心配になっちゃうよ。

フェルネットさんなんて顔が真っ白だし。


「ひゃー。もう、腕が限界じゃ」

沿道に手を振る教皇様が、張り付けた笑顔のまま悲鳴を上げた。

その声は、すぐに人々の歓声でかき消される。

「はいはい」と右に左に疲労回復魔法を放ちながら、教皇様にもついでにかけた。

私も固めた笑顔で顔の筋肉がおかしくなりそう。

それに、急激な魔力量の変化なのか、かけた魔法の回数なのか、疲労感がすごい。

疲労回復魔法で疲労とか、笑っちゃう。

私たちは大通りをゆっくり行進し、一時間くらいでパレードを終えて教会の敷地に戻ってきた。

あっという間に感じたけれど、終わってみると、なんだかすっごく楽しかった。

高揚感が収まらず、パレードの余韻で落ち着かない。

「「お疲れさまでしたー！」」

私たちの明るい声が、正門前広場にこだまする。

「うむ、疲れたが演出は成功じゃったな」

教皇様は満足そうだ。

「教皇様、ここまでする必要があったのですか？」

私の問いに、教皇様は深く頷いた。

「今まで隠して来たことを、うやむやにするためじゃ。みんな、今日はご苦労じゃった」

教皇様はそう言うと、大勢の側近や教皇様直轄の第一聖騎士たちに囲まれて教会の中に入って行く。その背中が見えなくなるまで、頭を下げて見送った。


私は振り返り、聖女直轄の第二聖騎士たちや、その場にいる白と黒の神官たちに向き直る。

そして両手を大きく広げ、疲労回復魔法をみんなにかけた。

空気が微かに震え、一瞬でみんなが笑顔になる。

「わぁ！」「こんなの初めて！」「体が軽くなる！」「これはすごい……」

初めて魔法を受けた彼らから、驚きや感嘆の声が上がった。

うふふ。もう隠さなくってもいいんだものね。

「マリー！」

「あ！　おじいさま！」

教会の正門前で帰りを待っていたおじいさまは、満面の笑みで手を振っている。

私は嬉しくなり、両手でスカートを摘まんで駆けだした。

「わしのマリーは世界一だー！」

飛びついた私をおじいさまが、ぎゅーっとしてくれる。

「おじいさま大好き！」

ガインさんたちも集まって「よくやった」と褒めてくれた。

えへへ。なんだかんだでガインさんのこの言葉が、一番安心する。

手探りで進んでいる迷路の中に、ポンと出て来た道標のようで。

「今日で私は成人しました。これからは、仲間としてよろしくお願い致します！」

私の言葉にハートさんが花びらを舞わせると、師匠が空に光の粒を放ち、とても綺麗な虹を作る。

それは、新たな門出を祝福しているかのように煌めいていた。

「まさに女神だな」

ガインさんとフェルネットさんが、眩しそうに顔の前に手をかざして空を見上げる。

「エスコートさせてください、聖女様」

手を差し出したハートさんが制服姿でカッコよくキメるので、私もお姫様になりきって、あの豪華な控室まで送って貰った。

これで私はただの少女ではなくなり、みんなの期待と希望を背負った聖女になったのだ。

「ふぅー、やっと終わったー！」
大げさに息を吹き出しながら、靴を蹴飛ばしソファーにダイブ。
「づがれだ……」とそのままソファーに沈んでいく。

トン、トン、トン。

静まり返った部屋のドアが、遠慮がちに叩かれた。

やばい。

慌てて靴を履いてドアを開けると、先ほどの女性白神官さんたちが続々と押し寄せる。

「お疲れのところ、申し訳ございません。聖女様、お着替えを」

そうでした。確かに一人じゃ脱げないわ。

お風呂に入ってメイクを落とし、すっきりさっぱりいつもの私に戻って生き返る。

聖女用の服なのか、金の刺繍で教会の紋章が施(ほどこ)された光沢のある白いワンピースが用意されていた。

おお、黒神官服じゃない。なんか感動。

レースで出来た白いストールも、金の刺繍が綺麗だった。


「こちらで少し、お休みになられたらいかがでしょうか？」

「ありがたいです。お願いします」

「どうぞこちらへ」

パーテーションで仕切られた場所に、一回り大きなソファーが用意されている。

本当に至れり尽くせり。白神官さんたちのサポートが完璧すぎて驚きだ。

再びソファーにダイブすると、彼女たちは私を一人にしてくれた。

ここ数日の緊張感から解放されて、私はすっかり爆睡してしまう。夕食の鐘で目が覚めた。

「もうこんな時間。寝ても、寝ても、寝足りない」

ぼーっとする頭でフラフラと、いつものように食堂へ向かう。

トレーを取って入って行くと、モーゼのように道が開いた。

みんなの視線が突き刺さる。そして辺りが静かになった。

あれ？

心の中で首を傾げ、いつものようにビュッフェに向かい、おかずを適当に載せていく。

でも誰も動かない。

あれ？


少し迷ったけれど食堂の長いテーブルの端にきちんと座り、優雅に食べ始めた。

スプーンを口に運ぶ度、いちいちため息が聞こえてくる。

食べづらい……。

違和感はあるが、理由は一つしか思いつかない。

この服だ。聖女の白いワンピース。きっと黒神官服じゃない私に驚いているのだ。

食器を片付けて食堂を出ると、中は突如として大騒ぎになった。


「あれマリーだよね？　聖女だったの？」

「聖女様を呼び捨てにすることは、わたくしたちが許しませんよ！」

「資料室の魔術師が聖女様？　嘘だろ。散々こき使ってたよ」

「俺なんかマリーに怒鳴り散らしたことがあるんだぞ。もう終わりだ」

「あなたたち、聖女様になんてことを！」

「そんなことより明日から、資料室はどうなるんだよ！」

私服職員と白神官の言い争う声が……。

服じゃなくて、聖女になった私に驚いていたのか。いや、同じことか。

一般職員にとってはそうでなくても、なぜか神官にとっての聖女は神にも等しい存在だ。

そりゃあそうなるよね。なんて面倒な。

もういいや、ご飯を食べたら眠くなったし。ノーテさんに何か言われていたけれど、明日起きてから思い出そう。

翌朝、控室に勢いよく入って来たノーテさんに『教会で着替えた後、家に帰らず、一般食堂で夕食を取り、馬車を待たせたまま控室に泊まっていく聖女がどこにいますか！』とめちゃくちゃ叱られた。
そういえば成人したら教会を出て行く予定で、おじいさまの家に引っ越したのだ。

裏庭にある黒神官時代の私の部屋を、出たことだけは覚えていたのに。

私が疲れているからと、神官さんたちが気を遣ってくれたみたい。

聖女には誰も注意が出来ないのね。

おかげですっかり疲れが取れた。てへ。

『今後教会内で食事を取る時は、神官に部屋まで運ばせるように』と。

『門限を過ぎたら翌朝まで外出禁止なのは変わらないので、研究室に籠るときは気を付けるように』とも。

ははは。確実に説明を受けた記憶が……。ごめんなさい。

だけど距離を取らず、今までと何も変わらないノーテさんにとても安心した。

聖女誕生のニュースは思いのほか早く、国全体に広まった。

閑話　エヴァスの母

「エヴァス！」

パレードが終わり高級住宅特区にある屋敷に戻ると、後ろに控えた次男を呼んだ。長男は教皇様直轄部隊の第一聖騎士。今日のパレードでは先導の馬に乗っていた。

「はい、お母様」

全体的に色素が薄いエヴァスは金髪の髪を揺らし、青い瞳を細めて天使のように微笑んでいる。

かわいい子だわ。

「聖女様とは、いつ、連絡がついて？」

「ははは、お母様。さすがにそれは……」

エヴァスは笑って肩を竦めた。

なんて呑気な！　笑いごとなものですか！

「彼女についての情報は？」

「執事からの報告では、教会を出るそうですよ。それと……父親と言われていたS級冒険者は、ただの護衛だったそうですね」

やっぱり！　父親にしては若すぎると思ったのよ！

でもまさか、英雄と言われるS級冒険者が護衛だなんて。贅沢な。

離れに隔離された身分の低い黒神官だと思って憤慨し、息子には近付かないようにとエヴァスに内緒で釘を刺してしまったのに。

わたくしったら！　わたくしったら！

一生の不覚だわ！

あれだけの立ち振る舞いや、教養のある会話が出来るのだもの。

教会で徹底的に隠されて、聖女教育を受けていたに違いないわ。

偽装婚約なんて言い出すくらい周囲を警戒していたのも、今となっては聖女の証。

なぜそれに気が付かなかったのかしら。

あー、もう！　わたくしの馬鹿！

あの時、外堀を埋めていたら、今頃エヴァスは！

運よくパレードの前に情報を掴み、誰よりも早く教会に面会を申し入れたけれど遅かった。

依頼が殺到しているので、上級貴族であっても返事はいつになるか分からないと。

思い出すたびに悔しいわ！


「エヴァス、ごめんなさいね」

「お母様、確かに彼女は私の初恋の相手。でも今は大切な友人です。くれぐれも、変な気は起こさないでくださいよ。相手は聖女様ですからね」

「エヴァス……」


彼女は本当に賢くて良い子だったのに。

それにあの魔力量……。聖女というだけあって、格が違う。

息子のためにと身分や血筋に拘って、目が曇っていた自分が情けないわ。

悔やむわたくしにエヴァスは「これからも友人をよろしくお願いします」と頭を下げる。

友人だなんて、欲が無い……。

でもそうね、この子の言う通りだわ。切り替えなくては。

「エヴァス！　当家は今後、聖女様を完全バックアップすると決めました！　そのつもりで！」

「はい、お母様！」

エヴァスは賢いだけじゃなく、まっすぐに育ってくれて良かったわ。

それにしても、あの時のわたくしを誰かどうにかしてちょうだい！

あんなチャンスを逃すなんて！

閑話　商人ボルドーの助手、コーデンの災難

ボルドーさんの店は、高級店が立ち並ぶ通りにある。

周囲の店舗に比べて少し小さめだけど、表は洗練されたガラス張りで取り扱う商品も一級品だ。

「おい、コーデン。ボルドーを呼べ」

パレードが終わった翌日の朝。この店には、あちこちの店主が文句を言いに押し寄せていた。

紺色のスーツに赤いネクタイ、二軒隣の大店（おおだな）の店主だ。店に掲げてある〝ファーストヒールロール〟を忌々（いまいま）しそうに見ている。

〝ファーストヒールロール〟とは、店が〝最初の靴〟を毎年一人だけに贈る、特別な女性の名前の一覧だ。

「三階の一番大きな商談室へどうぞ」

フン。これで何人目だよ。あの当時、マリー様をつまみ出したくせに。

俺は白い肌や手入れされた綺麗な髪、姿勢の良い立ち姿ですぐにピンと来た。追い返したらダメな客だってね。だから慌てて水を出して膝を突いた。彼女を初めて見た日のことは、今でも鮮明に覚えている。俺にとってマリー様は、最初から特別だったんだ。

でもまさか、その彼女が聖女様だと誰が予想出来る？

彼女はファーストヒールのことを〝誇り〟だって言ってくれた。俺はそれが、すっごく嬉しかった。今の彼女にとって、それはとても些細なことなのに。

今じゃ私服も靴も日用品も、すべてこの店で揃えてくれている。これから聖女様と同じ物が欲しいと、依頼が殺到するだろう。貴族からのファーストヒールの打診もね。

やっぱりあの時、ファーストヒールを贈ったボルドーさんの人を見る目は凄いや。

俺ももっと勉強しなくっちゃ。

「おい。ボルドーは？」

眉間(みけん)に皺(しわ)を寄せた男が、また一人店に入って来た。不機嫌そうに〝ファーストヒールロール〟を睨(にら)みつけている。

はぁー。

「三階の一番大きな商談室へどうぞ」

次から次へと、まったくもう。

そろそろ商談室のお茶でも、取り換えに行くかな。

「だから！　紹介してくれるだけでいいんだって！」

「独り占めなんて、許さないからな！」

「ちょっと会わせてくれるだけでいいんだよ！」

ポットをトレーに載せて階段を上っていると、商談室から言い争う声が漏れてくる。

こんなところまで聞こえるなんて、中はいったいどうなってんだ。

聖女様に近づこうと必死なのは分かるよ。だけどさ、うちに言われてもな。

三階の一番大きな商談室は、中央に大きなテーブルが置かれている。壁には高価な絵画がいくつも掛けられ、テーブルの周りにソファーが並べられていた。

そこにボルドーさんは困ったように座っている。店主たちは立ったまま怒鳴り合っていた。

「くそっ！　まさかあの黒神官が聖女だなんて！」

「見る目がないお前が言うな！」

「あの娘が聖騎士を連れてこの店に通っていたのは、お前も知っていただろ！」

おいおい、今度は大店の店主同士で喧嘩を始めたよ。

高価なカップは下げた方がいいかも知れない。


「ボルドー。お前いつの間に、聖女様にファーストヒールを渡していたんだ！」

「そうだぞ！　黒神官のうちに目を付けるとは、汚いじゃないか！」

「もしかして、その頃から知っていたのか？」

「まさか！　まったく知りませんよ。皆さんと同じです」

黙って聞いていたボルドーさんが、慌てて立ち上がり両手を振る。

はぁー。俺たちだってパレードの当日まで、半信半疑だったんだ。

巻き込まれる前に、さっさとポットを置いて下に戻ろう。

気の毒に……とボルドーさんを見ると、目が合ってしまった。

嫌な予感。ボルドーさんのあの目はヤバい。


突然ボルドーさんが手をパン！　パン！　と大きく叩く。

「聖女様の担当はコーデンです。ですが当店だけでは手が足りないことも多いでしょう。協力店の交渉は、彼と直接してください」

全員が一斉に俺を見る。まるで獲物を見つけた獣のようだ。

ちょっとー!! ボルドーさーん!!


その後は、店主たちにもみくちゃにされながら、なんとか順番リストを作成出来た。

ボルドーさんに「さすがコーデンだな」と褒められたけれど、服はボロボロだし複雑だ。

でも、ボルドーさんに聖女様の専属担当に任命されたんだ。あはは。

「やったー! 初めての専属顧客が聖女様だなんて!」

嬉しくて何度も一人で飛び跳ねた。

母さん、俺、聖女様の専属になれたよ!

聖女マリーの双子の妹、リリー　お母さん視点とリリー視点

聖女誕生のニュースはパレードが行われた翌日に、王都から一番遠いルバーブ村にも届いた。

光の加護はリリーが奪ったはず。あの時マリーはそう言った。でも聖女の名前はマリー。

あの子に違いない。


「くそっ。どうなっているんだ」

いつもより早く帰ってきた夫が傷だらけのドアを乱暴に閉めると、不機嫌そうに木の椅子に座る。

「あなた……聖女誕生のニュース、聞きました？」

「ああ。とにかくリリーに説明して、ちゃんと理解させるしかない。あのバカは何を言い出すか分からんからな」

彼も新しい聖女はあの子だと確信しているようだった。

「え、ええ。リリーを呼んで来るわ」

次から次へと問題が……。最近のリリーはとても神経質になっている。周りと比べ、何も出来な

い自分にイラついていた。外面はいいのに、家の中では手が付けられない状態だ。

「リリー？　ちょっといいかしら？」

私はリリーの部屋の前で、機嫌を窺うようにそっと声をかける。

「なに!?」

「大事なお話があるの」

「今じゃなきゃダメ!?」

「そうね」

リリーは不機嫌そうに、ドスドスと足を踏み鳴らして居間に入って来た。すぐに夫の存在に気付いて、おとなしく私の隣に座る。

「聖女のパレードのことは耳にしたか？」

「何それ？　知らない」

夫はホッとしたように息を吐いてから、少し前のめりになった。

「お前の双子の姉、マリーは生きている」

リリーは意味が分からないという顔で、夫を見つめている。

本当に言葉が足りない人なんだから。

私は横にいるリリーに向き直った。

「あのね。マリーはリリーの双子の姉なの。前に死んだと話したけれど、それは嘘なの。王都のおじいさまの所で暮らしているわ」

「マリーのことは覚えてる。でもなんで、そんな嘘……」

まだわけが分からない、という顔で私を見る。

「マリーは加護を奪われたことに凄く怒って、出て行ってしまったの。二度とリリーに会いたくないって。だから死んだことにしたのよ」

「そうだ。お前のせいでマリーは出て行ったんだ」

「なにそれ！　私が王都のおじいさまの所で暮らしたかった！　私もそっちが良かった！」

また始まった。昔からちっとも変わらない。

リリーはいつも、マリーになりたがる。

「お前が加護の横取りなんかしなければ！　はぁ。とにかく、お前じゃ旅は無理だ」

「やだ。今からでも行きたい！」

「行きたきゃ勝手に行け。行った先でどうするんだ？」

あなた……。それを言うのは酷な話よ。

リリーは一人じゃ何も出来ない子なのに。

「私もおじいさまの所に住む！」

「お前のせいでマリーは出て行ったんだ。一緒に住めるわけないだろ」

「じゃあマリーを、おじいさまの家から追い出せばいいじゃない」

「今度は居場所を奪う気か？」

「何も奪ってなんかいないもん！　なんで奪ったって言うの！　うわ――ん！」

リリーはわんわん泣くし、夫は怒って黙り込むし、どうしたらいいの……。

私は優しくリリーの背中を撫でた。


「リリー。マリーは王都で聖女のパレードをしたの。これから噂になると思うけど、誰にも話しちゃだめよ」

「……。マリーが聖女？」

ケロリと泣き止んで、不思議そうに私を見る。また嘘泣き、悪い癖だわ。

「そう。光の適性があるマリーは聖女なのよ」

「光の加護がある私は、魔法が使えないのに？」

リリーの顔が、みるみる憎悪に染まる。

「リリーはマリーと違うのよ」

それっきり、リリーも夫も何も話さなかった。

マリーのことを聞かされた数日後、キリカの家に遊びに来た。逃げて来たっていう方が、正しいのかも。あれから家の中は重苦しいし、父さんは不機嫌だし、ホント最悪。

これも全部マリーのせい。

「聞いたかリリー。王都で聖女様誕生のパレードがあったんだって。ルディがパレードを見て手紙をよこして来たんだよ」

キリカは興奮気味に、手紙を広げて私に見せた。

「あのルディが食事のマナーや喋り方で、苦労しているらしいぞ。あれでも通用しないんだな」

あの、お貴族様気取りのルディが？　気取って『僕』とか言ってたのに？

「あはは。あんなに変な喋り方で、あんなに奇妙な仕草だったのに。王都って変なのー」

「聖女様もいるし、きっとルバーブ村とは違うんだよ」

また聖女。キリカまでマリーのことを。

「聖女、聖女って、そればっかり。私だって聖女なのに」

「ははは。リリーは俺の聖女だよ」

キリカがふざけて笑っている。

バカみたい。そういう意味じゃないのに。

全然笑えない。


「で、続きはなんて書いてあるの？」

「えっと……、聖女様には、花びらが舞い散り、虹色の光の粒が降り注ぎ……」

「へぇ。花びらが……」

花びらが舞う中、光を浴びる自分を想像する。

いいなぁ。綺麗なんだろうなぁ。私が王都に行ってたら、そこにいたのは私なのに。

本当ならマリーがみすぼらしい服を着て、こんな田舎で暮らしていた。

私には、聖女の加護があるのに！

「しかも、民衆に向かって魔法をバンバンかけてたらしいぞ。ルディもかけて貰ったって」

あれ？　マリーも魔法が使えないんじゃなかったの？　父さんの話と違う。もしかして、マリーのために私を犠牲にした？　きっとそうだ。やっぱりね！

私は悔しくて、内側から急きたてられるような衝動を覚えた。

「ねぇ、キリカ。絶対に秘密を守れる？」

「うん。リリーがどうしてもって言うなら必ず守る」

隣でキリカは「当たり前だろ」と、とても嬉しそうに笑っている。

私は一瞬だけ迷ったけれど、衝動には抗えず「ステータスフルオープン」と静かに唱えた。

リリー　女　15歳　緑適性
Lv．1
HP　10／10
MP　5／5

光属性Lv．1

光の精霊

「おい！　これ！」

キリカの顔が途端に険しくなる。

「リリー。これ、絶対に、誰にも見せるなよ」

驚くほど低い声で、絞り出すようにキリカが言った。

やだ、怖い。こんなの、いつものキリカじゃない。

「うふふ。私が聖女様だって知って驚いた？」

嫌な雰囲気を壊したくてワザと明るく言ったのに、キリカは表情を変えずに首を振る。

「リリー。冗談を言ってる場合じゃない。こんなことが知れたらお前、死罪だぞ」

それは父さんから何度も聞いたって。だからずっと黙ってたんじゃない。


「もしかして、マリーの加護か？　まさかリリーは、その……マリーを、殺した、のか？」

キリカは言いづらそうに、何度も躊躇(ためら)いながらそう言った。

「ちょっと！　違うよ！　マリーは王都で生きてるってば。パレードをしたのはマリーなの！」

とんでもない誤解をされて呆(あき)れた。

私がそんなことをする人間に見える？

「マリーがパレードの聖女？　ごめん。でもじゃあお前、誰の加護を奪ったんだ？」

「キリカまで私が奪ったって言うの？」

「そうじゃない。でも、話してくれなきゃ分からない」


適性と違う加護。

おとぎ話では、悪魔の子が加護の儀式で子供を殺して奪って回る禁忌の行為。

使えるのは適性と同じ加護だけ……。

分かってる。認めたくなくて耳を塞いできたけれど、キリカに誤解されたくない。


「好奇心で、マリーの加護の儀式を覗いたの。突然、綺麗な白い光が見えて飛び付いた。本当にそれだけだった。でも、マリーは怒って家を出たって。二度と私に会いたくないって。うえーん」

話しているうちに、どんどん感情が溢れてくる。

キリカが強く抱きしめてくれた。

「本当に、ワザとじゃないもーん。うえーん」

ずっと目をそらしてきた。すべてを認めたら、父さんに捨てられる気がして怖かったの。光の加護がある私は特別なの。そう思うくらい良いじゃない。だって魔法が使えないいんだもん。

でも、魔法が使えるマリーは違う。ずっと同じだと思ってたのに！　絶対に許さない！

「事情は分かった。事故だったんだな」

「うん」

「魔法が使えない理由があったのに、今まで責めてごめん」

「うん」

「後は俺に任せとけ」

「うん」

キリカが優しく頭を撫でてくれた。

キリカだけが、分かってくれる。

「……と、そういうわけで、リリー本人も、ちゃんと反省してる」

「そうか。さすがキリカだな。俺たちがいくら言って聞かせても、現実を受け入れなかったんだ。本当にありがとう」

あんなにプライドの高い夫が涙を浮かべ、キリカの手を取って感謝していた。

キリカに話があると言われた時は、何事かと心配したけれど、良かったわ。

「だから今後、加護の件には触れないで欲しい。本人は反発したくなるみたいで」

キリカが「あの性格だし」と苦笑いをする。

「分かった。話題にすることはやめる。ところで結婚はいつになりそうだ？」

夫はすぐにでもリリーをキリカに嫁がせたくて、焦ってばかり。

キリカにも、色々事情があるのに。せっかちな人ね。

「うちの親もじいちゃんも親戚も、緑魔法が使えないなら、料理と裁縫が出来るまでダメだって言うんだ。俺もそこが、けじめだと思ってる」

「ごめんなさいね。やるように言っても、あの子はすぐに飽きちゃうの」

横で夫が唇を噛み、私が困った顔をすると、キリカが『ミーナに頼んでみるよ』と言ってくれた。

こんなに良くしてくれる旦那さんを持てるなんて、リリーは幸せ者だわ。

キリカは真面目だし、働き者だし。

「ところでさ、王都でパレードをしたのはマリーなんだよね？　加護はリリーが奪ったんじゃないの？」

キリカは不思議そうに私たちを見る。

本当にどうなっているのかしら。

私もキリカを見て、首を傾げた。

「教会にマリーの保護を頼んだの。そこで育ったし、何か特別なことが起きたのかも知れないわ。一度も連絡を取っていないから、詳しいことは、分からないけれど……」

「待って、おばさん。教会に保護って……。まさかマリーを孤児として教会に入れたの？」

キリカに言われて、初めて自分が何をしたのか気が付いた。

夫は信じられないという顔で私を見る。

「マリーはお義父さんの所にいるんじゃないのか？　王都の学校に通うって……」

「違うの。確かに教会には、成人するまで保護して欲しいと頼んだわ。でも、絶対に、そんなつもりじゃ……」

あの子から、自由を奪うつもりなんて……。教会で保護って意味を深く考えていなかった。

「私はなんてことを……」

私が泣き出すと、キリカは気まずそうに下を向いた。

「マリーは黒神官として十年間も教会に？　そりゃあ恨んで手紙一つ寄越さないわけだ」

夫が責めるように私を見るけれど、仕方ないじゃない。まさかそんなことになっているなんて、本当に、本当に思わなかったんだもの。お父様からの手紙には『聖騎士に教会へ連れて行かれた。早く解放しろと』と。その時は、教会に無事保護されたと安心して……。

その後に届いた手紙は怖くて全部、読まずに捨てた。死罪が恐ろしくて、マリーに関わりたくなくて。だから全部、捨ててしまった。それも全部、リリーのためだったのに。

キリカが「もうマリーを解放してやった方がいい。あなたたち家族に縛り付けるのは気の毒だ」と気まずそうに言う。

返す言葉もなく、誤魔化すように「リリーをよろしくお願いね」とキリカに頭を下げた。

冒険者の登録

パレードが終わった数日後、私はガインさんとハートさんに付き添われ、冒険者ギルドにやって来た。冒険者の登録のためだ。ギルドの中はいつものように、大勢の人で賑わっている。

「冒険者登録を、お願いします」

私の声で、突然辺りが静かになった。みんなが息を呑み、私たちを見つめている。

聞こえてくるのは自分の鼓動と、遠くで揺れるランタンの音だけ。

傷だらけの受付カウンターも、壁際の古びた大きな掲示板も、奥の壁に垂れ下がるギルドの紋章が描かれた大きな旗も、以前と何も変わらない。

だけど空気だけが、一変した。

そりゃあそうよね。

いきなり聖女から、冒険者登録って言われても。

「し、少々、おみゃ、お待ちください！」

いつもの優しい受付のお姉さんが、声を裏返して奥へと消えた。

はは。小さな頃から来ているおなじみの場所が……。

つい癖で、グッとハートさんの服を強く握る。

それに気付いたガインさんが私の頭をひと撫ですると、にやけ顔で一歩前に踏み出した。


「おいおい、今日はどうした？　お前らまさか、マリーにビビってんのか？」

みんなを挑発するかのように、大きな体で周囲を見渡しながら顎を上げる。


「水臭いぞ！　ガイン！」

奥にいたゴバスさんが、ガタンと大きな音を立ててテーブルの上に立った。

それを見た他の冒険者たちも、後に続いてテーブルに上る。

「わははは！　俺たちの娘が聖女なんてな！」

「だからハートは、教会にマリーを預けていたのか?!」

「すっかり騙された！　がははは！」

ギルドは先ほどの喧騒を取り戻した。

「大きくなったねぇ」と私のほっぺを突く色っぽい姉さんや「冒険者になるのか？」と目を丸くするいつもの厳ついおじさん。

良かった。やっぱりここは変わらない。

ギルド長がカウンターの奥から顔だけ出して「入ってこい」と顎をしゃくる。

私は保護者二人に連れられて、奥のギルド長室へと向かった。

「あんなに小さかったマリーが、まさか聖女になるとはな！　あのパレードは凄かった！」

所々補修された大きな黒いソファーに座り、膝をバンバン叩いて興奮するギルド長は、やっぱりいつものギルド長だ。

「あの演出は教皇様とガインさんで考えたのですよ。ハートさんに花びらを舞わせて、師匠にはミストを降り注いで貰って」

「神秘的な演出だったろ？」

「ああ、凄かった。さすがの俺も、マリーを拝みたくなったわ！」

がははと豪快に笑うギルド長が、両手を組んで私を拝む。

「ちょっと。やめてくださいよ」

みんなが私の顔を見て「それはないな」と吹き出した。

あはははは。失礼だけど、なぜかつられて笑っちゃう。


「で？　冒険者登録ってなんだよ」

ギルド長がコーヒーテーブルに足を投げ出して、ソファーの背に腕を置いた。

「ああ、それな。マリーを俺たちの、正式なメンバーにしようと思ってな」

ギルド長が眉を顰めて、ガインさんとハートさんを交互に見つめる。

「そうだ。マリーを冒険者にするつもりだ」

ハートさんも私を見ながらそう言った。

「よろしくお願いいたします」

ぺこりと頭を下げると「聖女稼業はどうすんだ？」とガインさんの想定内の質問が来る。

「それな。聖女の派遣は、教会から冒険者ギルドに、指名依頼をして貰うことになった。俺たち〝黒龍〟にな」

ガインさんが『俺』と親指を自分に向けた。

なんだかちょっと誇らしそう。

「なるほど。聖騎士団の人件費や、神官たちの宿泊や移動には金がかかるからな」

ギルド長はうん、うん頷いて腕を組んだ。

そう！　まさに、それ！

「そうなのですよ。指名依頼ならギルドは手数料で儲かるし、私たちも儲かるし、教会は節約出来るし。誰も損をしないのです！」

「教会の上層部にも、こんな感じでマリーが説得したんだよな？」

「はい！」

えへへ。そんなに褒められたら照れるな。

あの時は聖女が裏庭で極秘に育てられたことを正当化するために、論点を変えただけだけど。

「そういや、回復薬が大量に出回るようになったのも、価格が下がったのも聖女のおかげだって？」

「確かに開発したのは私ですが、価格を下げるために頑張ったのは教皇様ですよ」

「ほう。俺が想像していた教皇様のイメージとは全然違うな」

どんな想像よ。めっちゃオモシロおじいちゃんなのに。

「俺もずっと信用出来なくてな。裏の顔は、権力に溺れた悪魔だと思ってたたし」

ガインさんもわははと笑っている。

そんなことを考えていたなんて、初耳ですが……。

「マリーが十年近くかけて開発した〝魔力を使わず精製出来る〟回復薬が教会の収入源になって、各地で魔力量の少ない人の手仕事になるとはね」

「あら、ハートさんが教会に入る前日に、魔法と剣を禁じたのですよ。〝今後は頭使え。情報と人脈を武器にしろ〟ってね」

私がハートさんにそう言うと、びっくりした顔で口に手を当てる。

「それは学校に通うことが前提だった。もしかして十年間もそれを？」

当たり前じゃないですか。

「ガインさんが、ハートさんに、言わせたのですよね？」

「そうだけど、誰も見てない裏庭なら……」

ハートさんは気まずそうにしているし、ギルド長は「何の話だ？」とはてな顔だ。

私の中では、ガインさんの言うことは絶対なのだ。シルバーウルフに襲われた時、私の勝手な行動でハートさんが怪我をした。あの日私は、心に誓ったのだ。

「その言葉だけを頼りに、色々と頑張ったのですよ」

結果オーライだと笑うと、笑顔のガインさんにゴリゴリと頭を撫でられた。

そして冒険者登録のため、ステータスをオープンする。

『フルで見せろ』とごねるギルド長を保護者二人で黙らせて、やっとギルドカードが発行された。

『教会みたいに煩(うるさ)くないから心配するな』って、そういう意味だったのか……。

Fランクだって。

ガインさんたちに追いつけるのかな。

世代交代

「今日マリーが冒険者登録をして、正式に〝黒龍〟加入の申請をしてきた。代わりにシドさんが〝黒龍〟を抜ける」

夕食の片付けを終えてリビングでお茶を淹れていると、突然ガインさんがそう言った。

〝黒龍〟を、抜ける？　師匠が？　なんで？

師匠はガインさんの横でニコニコと笑っている。

「え？　それってどういうことですか？」

私はポットを持ったまま手を止めた。

「少し前からシドさんが、冒険者を目指す子供たちの育成を始めたのは知っているよな？」

「はい」

「正式に冒険者を引退して、ギルドの講師になることが決まった」

「な！」

せっかく仲間になれたのに、引退して講師とは……。むぅ。

冒険者ギルドが、若手育成に力を入れ始めたのは知っているけど……。

「師匠は指導者として最高ですし、祝福したいですよ？　師匠が決めたことですし。でも自称一番弟子としては、気持ち的に複雑です」

気を取り直してお茶を配ると、みんな「ありがとう」と笑顔だった。

なんだ、みんな知っていたのね。

「まぁ、そう言いなさんな。ギルドの練習場に来ればいつでも教えるぞ」

「それはそうなのですが……。これからも一緒に住むわけですし……」

寂しいけれど仕方がない。師匠の決めたことだ。私も自由にさせて貰ってきたし。

親離れじゃなくて、師匠離れをしなくては。自称弟子だけど。一番の。

「それでだ。一人、若手をスカウトしてきた。元聖騎士だ。明日連れて来る」

若手？　スカウト？　元聖騎士？　情報が多すぎる。

「皆さんはその方と、お会いしているのですか？」

みんなはニコニコしながら頷いた。

むぅ。それもみんな、知っていたのか。

「結構強いぞ」

「いい奴だし、信用出来る」

「かなり前からみんなで教育してたんだ」

へぇ、目の肥えたみんなが言うなら、相当な有望株なのね。

ガインさんがスカウトしたなら当たり前か。

「じゃあ安心ですね。楽しみです」


新人さんには空いている部屋を使って貰うんだって。冒険者ってみんなで一緒に暮らすのが普通みたい。村の人と違って、他人と住むのに抵抗がないのよね。おじいさまもすっかり料理に嵌(は)まって楽しそうだし。


「それにしても、あんなに小さかった嬢ちゃんが冒険者になるとはな」

「一人じゃ椅子に座ることも出来なかったのにね」

「ハートの膝に乗せないと、テーブルから顔が出ねぇしな」

「ははは。抱っこして歩いていたのが、昨日のことみたいだ」

みんなはソファーでお茶を飲みながら、懐かしそうに目を細めていた。

「嬢ちゃんは何かと楽しい子だったからなぁ。思い出すだけで……。はっ、はっ、はっ」

「『おじいさま！　私、恋愛結婚がしたいのです！』だっけ？」

「やめて、フェルネットさん！　それ一番痛い奴！」

フェルネットさんが、私の古傷を深く抉る。

「「「わははははは！」」」


うふふ。みんなの笑う声が心地いいな。

やっと手に入れた自由に慣れなくて、つい門限が近くなると時間を気にしてしまう。

私は明日来る新人さんのお部屋を掃除するため、リビングをそっと出た。

新人さんかぁ。私に後輩が出来るのだ。先輩として、色々教えてあげちゃったりして。

そうだ！　いい香りのオイルを貰ったから、お部屋の芳香剤代わりに少し置いておこう。

むふふ。楽しみ、楽しみ。

さてと、水魔法で一気にやっちゃおう。

翌朝早く出かけたガインさんは、ハートさんと同じくらい背の高い青年を連れて戻って来た。
あのサイコパスチックな青みがかった黒髪と、透き通るような紫の冷たい瞳。

何処かで見たような……。

じっと顔を見つめながら、首をひねって記憶を辿る。

「マリー。こいつが昨日話した、新しいメンバーだ」

「初めまして……じゃないんだ。かなり昔に会ったことがあるんだよ。覚えているかな？」

彼は笑顔のまま、少し屈んで私の前に手を出した。

無意識にその手を取って握手をする。

「……裏庭で、上級生に、追いかけられて、いた？」

「ははは。そう、そう。ほうきを投げて助けて貰った。恥ずかしいな。テッドと呼んでくれ。十七歳だ」

なんと。新しいメンバーとしてガインさんが連れて来たのは、ほうきの彼だった。

会うのはあれ以来でびっくりしたけど、凄い偶然。

二つ上なのね。そっか、元聖騎士だった。むぅ、後輩の面倒を見る気満々だったのにぃ。

「マリーと呼んでください。昨日、冒険者登録したばかりのＦランクです」

「お前ら、もういいな」

私たちの挨拶が終わるのを確認したガインさんは、大きく息を吸ってからパンパンと手を打った。

「マリーとテッド。お前たちは二人で組んで、毎日依頼をこなせ。俺とハートとフェルネットは別件でしばらく留守にする。困ったらシドさんに相談しろ。以上！　解散！」

質問は一切受け付けない、と言わんばかりに解散されてしまい、テッドさんと二人で苦笑い。

彼もガインさんのこの〝もの言わさぬ〟感じは初めてじゃないみたい。

「マリー、私も昨日登録したばかりのFランクなんだ。よろしく」

「ランクが一緒で良かったです」


私はテッドさんを昨日掃除した部屋へ案内し、リビングに戻った。すると、出かける準備を整えたハートさんが「そのままでいいから聞いてくれ」と私の前に来る。

「バタバタして悪いな。今後の指示だ。人目のある所では魔法禁止。しかし緊急時や身の危険を感じたら迷わず魔法を使え。どんな手を使っても自分とテッドの身を守れ。じゃ、仲良くやれよ」

横目でガインさんに確認しているから、そういうことだ。ガインさんが直接言うと強制みたいになるからって、ガサツなくせに、いつもハートさんに言わせるのよね。どっちでも一緒なのに。

ガサツなくせに、そういうところは人一倍気を遣うことも知っている。

「はい！」

ガインさんたちは挨拶もそこそこに、とても急いで出て行った。

『どんな手を使っても』って、どんな手を使おうか。ちょっと考えちゃうな。

今度は自分の身を守るだけじゃなく、テッドさんの護衛も任務に入っているのよね。

護衛か……。なんかすっごくカッコイイ。


「あ、もうみんな出かけたのか。マリー、部屋がとてもいい香りだったよ。ありがとう」

「いえいえ、喜んでいただけて良かったです」

「私たちも早速、冒険者ギルドに行ってみようか」

んー、下水道の掃除に、ごみの焼却……。

秋が近いというのに、今日はとても蒸し暑い。さすがにこれは地獄だわ。修行僧でも音を上げる。

「全然、冒険者っぽくないし……」

掲示板のはじっこにある〝Fランク〟の依頼書を見上げて、ため息と一緒に本音が漏れる。

いや、F級なんてこんなものよね……。S級のみんなとは違うし。

「ふふ、これなんてどうかな？　マリーの好みだと思うけど？」

テッドさんが一番高い場所に貼ってある、薬草採取の依頼書を指でトントンと突いた。

その薬草なら裏庭薬草庭園に沢山あるな。でも、山に採りに行くのが真の冒険者よね。

「いいですね！」

私が親指を立てると、テッドさんは笑顔で依頼書を取って受付に行ってくれた。

紳士だ。


それにしても、初護衛、初任務。むふふ。

冒険者ギルドを出ると、私はテッドさんの護衛任務に緊張をする。

全方位を警戒しながら、山まで歩くのはしんどいな。ハートさんはいつもこんなことを……。

そして外壁門で笑顔の門衛さんに丁寧に見送られ、人や馬車が行き交う舗装された綺麗な道を歩く。

……なんか、思っていたのと違う。私が読んでいたラノベなら、途中でスライム的な何かと戦うはずだ。もちろん魔獣とは、一度も遭遇しなかった。

それにしても無口な青年だ。

スローペースで三十分程歩き、無言でいることが気にならなくなった頃、私たちは山に着いた。

「おそらく日の当たらないジメジメした所に群生しています。あっちに向かいましょう」

私が山道を外れた奥を指さすと、テッドさんは笑顔になる。

「マリーは何でも知ってるね」

ちょっと厳しい段差は、彼がさらりと手を差し伸べてくれた。

めっちゃ紳士だな。もしかして無口なのは緊張してるから？　やけに周囲を警戒しているし。

……まさか私の護衛のつもりとか？

あっ、あり得る。

私にはテッドさんの護衛、テッドさんには私の護衛の任務を出したんだ。

なるほどね。確かに、警戒しながら歩くのはとても疲れる。


色々と考えて歩いているうちに、じめじめとした日の光が届かない、少し暗い窪地に着いた。

周囲の温度が一段下がり、涼しい風が通り抜ける。

熱が籠った体には心地いい。徐々に汗が引いていく。

「ありましたね。この薬草は回復薬として使う一般的なものでなく、高速で傷口を塞ぐ再生特化型の素敵薬草なのですよ」

「なるほど」

テッドさんはニコニコと笑っている。

やっちゃった。ほぼ初対面なのにオタク全開で蘊蓄（うんちく）を語るとか、かなり恥ずかしい。

「じゃ、これくらいの大きさの葉っぱだけ、お願いします。水分はこまめに摂取してください」

手のひらサイズの葉っぱを振って、照れ隠しに黙ってせっせと薬草採取。

これから付き合いも長くなるし、オタクバレしても良かったのかな。

彼は似た雑草と間違えず、手早く採取をしている。多少の知識はあるみたいで感心した。

「ちょっと多めに……このくらいでいいかな」

「はい。余っても売れそうですしね」

実験用は、裏庭薬草庭園にあるからいらないな。


すっかり護衛任務を忘れて鼻歌を歌い、木の枝を振り回しながら山を下りていると、茶色いモフモフな一角ウサギを発見！

「あはは！　ウサギさん！」

「こら、こら」

笑顔で走り出す私の腕を、テッドさんがグッと摑んだ。

すると、私に向かって飛び付くモフモフが、みるみる凶悪顔に。

え？　全然可愛くない！　私はショックで立ち竦む。

「ぷっ」

テッドさんは吹き出しながらも、軽く叩いて倒してくれた。

だって、だって、いつもはあんな顔になる前にハートさんが……。

テッドさんが手際よく水魔法でウサギを凍らせて、袋に詰めてカバンに入れる。

へぇ、師匠と同じ水適性。


「すみません。一度モフって……。じゃなくて、可愛い顔をしていたので、つい……」

「大丈夫。ガインさんから聞いているよ」

何を聞いたかは気になるけれど、どうせ碌（ろく）な話じゃない。

警戒心のない馬鹿だとか言われていたに決まっている。間違っては、いないけど。

「初魔獣ですか？」

「いや、ガインさんと一緒に、前にね」

「私は初魔獣討伐が、まだなのですよ」

テッドさんが「じゃあ次はマリーに任せるね」と少し先輩面したので、ちょっとだけ悔しくなったのは秘密なのだ。


「依頼達成の報告です。確認お願いします」

私たちは摘んできた薬草を、依頼書と一緒に依頼達成受付カウンターに並べる。

ついでにウサギも一匹。

「どれどれ？　……これ、今日受けた依頼じゃない？」

「はい」

何か問題でも？　テッドさんと顔を見合わせて、首を傾げる。

「群生しない薬草なのに、こんなにたくさん？」

いや、群生しますけど……。

時々道で見かけることもあるけれど、あれはド根性大根的なものだし。

あんなの当てにしていたら、なん十キロ歩いても見つからない。

ん？　って顔を二人ですると、呆れて依頼達成の手続きと、余分な草とウサギの買い取りもしてくれた。


「湿度の高い日陰に群生すると、知られていないのですか？」

「あれは似た雑草も多いし、道端を歩いて探すものだと思っていたので、一般的なことまではちょっと……」

そういえば、私も種を溢して偶然気が付いたんだ。種は高いし、それならこれで稼げるな。

テッドさんもそう思ったらしく、二人でにやけてしまう。

ぐへへ、おぬしも悪よのう。

私たちはそのままギルドの裏手に回り、師匠の様子を見に行くことにした。

裏手と言ってもちょっと広めの中庭だ。四方をギルドの建物に囲まれている。

窓からはギルド長室や会議室、受付カウンターの裏側が見えた。


師匠は私たちに背を向けて、子供たちを並ばせている。

彼らの目は真剣で、手の平からは水や火、風を出して唸(うな)っていた。

「集中しろ。魔力を集めて小さく固めるんだ」

師匠の声が訓練場に響く。

ああ、懐かしいー。私も初めは、もやもやを集めて固めたなぁ。

「先生！　魔力がなくなりました」

「少し休んでから剣の稽古を始めなさい。焦って無理をするなよ」

「はい！」

師匠は子供好きだから楽しそう。

『無理をするな』なんてこと、私は言われたことが無かったけどね！

私がクスッと笑うと、師匠が気付いて振り返った。

「おっ、どうした、お前さんたち」

「マリーの得意な薬草採取だったので、今終わった所です」

私もテッドさんに同調し、コクコクと頷く。

「なるほど。数回依頼をこなせば、Eランクはすぐだな」

「「はい！」」

いやぁ、薬草の知識がこんな所で役に立つなんてね！

逆に魔獣のことは知らないので、そっちはテッドさんに任せよう。

リリーがやらかしたので旅に出ます　リリー視点とガイン視点

今日は料理を教えて貰うために、嫌々ミーナの家にやって来た。父さんに言われたからだ。ワースと結婚が決まった最近の彼女は、すっごく生意気なの。緩く二つに結んだ茶色い髪も、日焼けしたそばかす顔も、全部、ぜーんぶ大っ嫌い。前は大好きだったのに。けど帰ったら父さんに怒られる。仕方ないけど我慢しなきゃ。


「ねぇミーナ。今日は何を作るの？」

「今日は具沢山のスープだよ。リリーのために、早起きして用意したんだから」

キッチンは狭いけど、綺麗に整頓されている。テーブル上には、新鮮な食材がきれいに並べられていた。用意された鍋もナイフもピカピカだ。ミーナのきっちりとした性格がよく出てる。

「リリー。とりあえず、それの皮を剝いて」

ミーナが偉そうに『それ』と視線を向けたのは、ザルに入ったイモの山。

もしかしてこれの皮を剝けってこと？

私は不器用だから、母さんにナイフを触ったらダメって言われているのに。

「出来ないよ。やったことないし」

「下手でもいいから。今日は黙って私の指示に従って」

その言い方にカチンときた。でも我慢。

恐る恐るナイフを握り、見様見真似で皮を剝いてみる。

母さんは、こんな感じでやってたかな？

「ちょっと！　それじゃ危ないよ！　こうやって剝くの。貸して」

慌てた彼女は私からナイフを奪うと、母さんみたいにシュッ、シュッ、シュッって皮を剝いた。

びっくりした。急に大きな声を出すんだもん。同じようにしてるのに。

鍋をかき混ぜるとか、お皿を並べるくらいしかしたことないもん。それだっていつも父さんに、手際が悪いって怒られてるし。

「ほら、やってみて。コツが分かれば簡単だよ」

苦笑いのミーナが丁寧に、ナイフの持ち方を教えてくれた。

こうかな？　こんな感じかな？　コツってなんだろう。

イモにザクザク刃が入って、全然上手く剝けない。ダメだ。イライラする。

「もー!!　急になんて出来ないってば！」

「ちょっと！　危ないじゃない。皮剝きは今度でいいよ」

思わず叫んだ私の手から、彼女はそっとナイフを取りあげた。

あー、やっちゃった。怒りたくないのに。なんで我慢出来ないんだろう。


「じゃあ、私が切った材料を鍋に入れてよ。そのくらいなら出来るでしょ？」

彼女はそう言いながら、手際よく食材を切って並べていく。

私は小さく切られた肉を見てうんざりした。

もうやだ。

「これを、手で触るの？」

「当たり前でしょ。洗ってあるから大丈夫」

嫌だよ。肉とか触るの気持ち悪い。

泣きそうになりながら、材料を指で摘まんで鍋に放り込んだ。

「もう嫌だよ。こういうの無理なんだってば。もっと簡単なのがいいよ」

「これ以上簡単な料理なんてないし。そうやって何もしないから出来ないの。少しは我慢して覚えなさいよ」

彼女は呆れた顔で鍋に水を入れ、慣れた手つきで火を点けた。

私だって一生懸命やってるのに！

「偉そうに！　前はよく泣いてたくせに！　私は聖女だから、出来なくてもいいんだもん！」

「リリーの嘘つき！　今時、子供だってそんな嘘つかないよ」

「嘘じゃないもん！」

頭にきた私はステータスをフルオープンし、証拠をミーナに見せつけた。

リリー　女　15歳　緑適性
Ｌｖ．１
ＨＰ　10／10
ＭＰ　５／５

光属性Ｌｖ．１

光の精霊

「見てよ！　ここ！　光の精霊の加護があるんだから!!」

「嘘!!　何これ?!　悪魔の子じゃない！　やだ、誰かー！」

私が〝光の精霊〟を指さすと、ミーナは叫びながら家を飛び出した。


なんで？　なんで逃げるの？　キリカの時は、平気だったのに。

どうしよう。絶対に見せちゃダメって言われてたのに……。

震える手で鍋の火を消し、呆然としながらミーナの家を出る。どうしよう。

そこへ彼女が役場の人を連れて、戻って来た。


「あの子よ！　加護の横取りのステータス！　私、見たんだから！」

「お嬢ちゃん。確認するから、ステータスを見せてみろ」

おじさんは、ゆっくりとこちらに向かって歩いて来る。

私はその場に立ち竦み、声も出ない。

「見せないと拘束するぞ。いいから早く見せろ。それで済む」

彼は面倒そうに、片手を私に差し出した。

怖くて一歩、後ろに下がる。どうしよう、父さんに聞かないと……。

「はぁ。とりあえず拘束する。教会に問い合わせるから、大人(おとな)しくしてろ」

おじさんは、役場の簡易な牢に私を優しく押し込んだ。鍵がカチリと音を立てる。牢は小さく、とても冷たい。隅(すみ)で小さく丸まって、震えながら膝を抱えた。

怖いよ。私、いったいどうなっちゃうの？　助けてキリカ。

「……ということがあってじゃな。ガインたちにはルバーブ村の村人を黙らせて、マリーの家族を安全に移住させて欲しいのじゃよ」

教皇様が白いひげを触りながらニッと笑う。

『ということがあってじゃな』じゃねぇよ。何をやってんだよ、マリーの妹は。

パレードをした数日後、教皇様に極秘で呼ばれて来てみたらこれだ。

聖女熱の冷めやらぬこの時期に、こんなことが発覚したら大変だ。

大昔の悪魔狩りが、始まっちまう。

教皇様からは『事態の収拾』『移住先の山の麓(ふもと)の村までの護衛』『リリーの教育』の三つを依頼された。

「マリーの家族のためなら、喜んでやるつもりですよ？　けれど、どんなに急いでも到着には、ふた月近くかかります」

「手は打ってある。近くの町の神官に、リリーを自宅に待機させて、監視するよう手紙を書いた。ふぉ、ふぉ。問題ない、大丈夫じゃ」

いやいや『大丈夫じゃ』って、ホントかよ。

「どうやって村人を、黙らせるおつもりですか？」

「おぬしらにはステータス偽装のあの
ペンダントがあるのじゃろ？　見たと言っている娘のフォローも忘れるでないぞ」

教皇様は悪そうな顔で、にやりと笑った。

フン。この狸が。

初魔獣討伐

今日は野鳥の羽の採取依頼を受けたので、山までの舗装された綺麗な道を、テッドさんと二人でダラダラと歩く。もう依頼は数件こなした。この辺は安全なので、今じゃ警戒すらしていない。

「シルバーウルフってA級魔獣なのですね……」

掲示板にシルバーウルフの討伐依頼を見つけ、ちょっとショックを受けたのだ。

ガインさんたちはあっという間に群れを殲滅していたのに。

簡単そうだったから、C級か、それ以下くらいだと思っていた。

「そうだね。牙が武器に使われるから高く売れるんだよ」

「もし襲われたら、私は剣で倒せるのでしょうか？」

私の実力はどのくらいなのか不安だな。レベルは高いし、魔法が強いのは分かっている。

でも、実戦で使えるのか分からない。練習とは違うし、怖いし……。

「うーん。マリーが戦う姿を見ていないからなぁ。今度一緒に稽古をしてみる？」

「そうですね。でも、出来れば実戦のお手伝いをお願いしたいです」

テッドさんの戦い方も見た方がいいのかな？

ガインさんにいきなり組めって言われたから、お互いのことを何も知らないし。

「いいよ。実戦経験が無いと不安だよね」

「はい」

ま、ガインさんたちが帰って来た後でもいいかな。


う――ん。それにしても野鳥の羽って……。

闇雲（やみくも）に山の中を歩き回っても、枯れ葉しか落ちていない。

「依頼書にある野鳥は、何を食べるのですか？」

「クランの実かなぁ。熟した物を好んで食べているみたいだよ」

あー、あの酸っぱい小さな赤い実かー。うんうん。

あれは熱冷ましにもなるんだよね。

「じゃあ高台の、日の当たる場所に落ちているかも知れません」

「マリーがいると楽だね」

「ふふ、それはお互いさまです」

息を切らせて高台まで登ると、真っ赤なクランの実をたくさん付けた低木の周りに、抜けたばかりの綺麗な羽が落ちていた。

「やった！　綺麗ですね。虹色に光ってます！」

「見たことない？」

テッドさんが羽を一本取って、太陽の光にきらきらと反射させる。

「ジルズ鳥なんて、名前も聞いたことが無かったです。言いづらいし」

「そっかー。集団で渡る時、とても美しいんだよ」

「へぇ。それはとても綺麗でしょうねー」

「秋から冬にかけて渡るんだ。今度ガインさんに聞いてみると良い」

ふふふ。確かにガインさんなら詳しそう。

意外にロマンチストだし。ぷ。あ、笑っちゃ失礼。

依頼は五本だけど二十本以上落ちていたので、すべて回収することにした。

こんな羽、何に使うのかと思ったら装飾用なんだって。依頼したのは服飾関係の人かな？

帰りに水辺に寄って、あの薬草を採取して戻った。

資金稼ぎもそうだけど、あの薬草を使う人が困らないようにね。

そして記念すべき初魔獣は、あの茶色のふわふわの一角ウサギ……の子供。

「ていっ」

眉間に一発で伸びてくれた。

可愛いから罪悪感。ごめんね、ごめんね。

小さくて可愛くても、人を襲う狂暴な子なの。慣れなくては。

「今日もお疲れ様でした」

「今日は大収穫だったね」

二人で満足げにギルドを出ると、道の向こうからおじいさまが歩いて来る。

私は嬉しくなって駆けだして、おもいっきり飛びついた。

「おじいさまー！　初魔獣討伐で一角ウサギを倒しました！」

「おお。それはおめでとう。それで、依頼は終わったのか？」

「はい」

「よくやったな」と嬉しそうにおじいさまは、ぎゅーっとしてくれた。

うふふん。初魔獣討伐が嬉しくて顔がにやけてしまう。

「テッドもマリーのこと、ありがとうな」

「こちらこそ」

おじいさまは師匠と待ち合わせをしていて、今日は飲んでくるから遅くなるって。

むぅ、ちょっと残念。

口を尖らせて歩いていると、テッドさんが少し屈んで私の顔を覗き込んだ。

「マリーたちがよく行く〝大衆食堂〟に行ってみたいな。連れて行ってくれる?」

「はい！　今日はぜひ、私にご馳走させてください！」

私は賑やかな店内に入ると、カウンターに向かって大きく指を二本立てた。近くのお客さんの料理をあちこち指して、周りの声に負けないように、「これ!!」と注文をする。

大きな音を立てて豪快に鍋を振る親父さんが、親指を立てて頷いた。テッドさんは目の前の荒々しいやり取りに、綺麗な紫色の瞳を丸くしている。

やっぱりね。メニューの無いお店は初めてっぽい。

「ほれ、持ってけ！」

すぐに私たちの注文した料理が、湯気を立ててカウンターに並べられた。箱にお金を入れて大きなお皿を受け取ると「ちっさかったマリーが、こんな男前とデートとはなぁ」と、親父さんがお芋のサラダを載せてくれる。

ちょっと！

「デートじゃないですよ。初魔獣討伐記念です！」

思わず大きな声を出すと「色気がねぇな」と笑われた。

個人情報がザルなこのお店で、変な噂になったら、今後どれだけ揶揄(からか)われるか。考えただけでも恐ろしい。

話を聞いていた周りのテーブルから「初魔獣か！」「おめでとう」と声がかかる。

えへへへ。照れるなぁ。


「あの、マリー……」

横を見ると、テッドさんはお皿を持ったまま戸惑っていた。

「ははは。こういう所は初めてで、どうしたらいいのか分からない」

「こっちです。私も初めての時はハートさんの膝の上で、目を丸くしていました」

奥の席に案内しながら昔の話をすると「膝の上？」とテッドさんが眉を上げる。

「五歳の時です。椅子に座っても、テーブルの上に顔が出ませんからね」

「ああ、そういうこと。はは。子供の面倒を見るハートさんが、全く想像出来ないな」

確かにね。でも、面倒を見るというより、きちんと対等に向き合ってくれていた。


そして案の定、背筋を伸ばしてお貴族様のように食べるテッドさん。

一つ一つ小皿に取り、小さく切って口に運ぶ。

目立ちにくい奥の席にして良かった。私もテッドさんに合わせて、同じように食べる。

この場合、ガインさんに教えられたみたいに、私がテッドさんに言った方がいいのかな？

出過ぎた真似かな？　いや、一応は伝えておこう。


「テッドさん。周りを見て、同じように食べることも修行なのです。って、ガインさんからの受け売りですが……」

照れ隠しに肩をすぼめる。

テッドさんは周りを見回して、少しだけ嫌な顔をした。

分かるよ。見慣れないから、合わせるのに抵抗あるよね。

「マリーは出来るの？」

「頑張れば」と背を丸くしてお皿に口をつける。

一瞬、顔をしかめたテッドさんも、背を丸めてお皿に口をつけた。

に、似合わない……。というか、不自然すぎる。

「ぷぷっ。似合いませんね」

「ふふ。それはこっちのセリフだよ」

二人して笑った後、結局普通に食べることにした。

「今度からは、テイクアウトにしましょうね」

「ああ、それが一番だ」

食事ってどうしても、身についた習慣で食べる方がおいしく感じるのよね。

閑話　ソニー（おじいさま）とシド

ガヤガヤと騒がしい大衆酒場で、今日はシドと待ち合わせをしている。ここはシドの馴染みの店で、女将とは古い付き合いらしい。店の中は、肉を焼いた煙と香ばしい匂いで満たされていた。

「ソニー殿！」

奥のテーブルで先に一杯やっていたシドは、わしを見つけて手を上げる。

テーブルには、まだ温かい串焼き肉が並んでいた。

「おおシド。さっきそこでマリーたちとすれ違ったが、初めて魔獣を討伐したと喜んでおったわ」

わしは先ほどマリーに会ったことが嬉しくて、席に着くなり話し出す。

シドが「やっと弟子が巣立ったな」と寂しそうな顔をした。

そう言えばこの間『教えることの楽しさを知った』と酔って漏らしていたな。『弟子は取らない』と公言（こうげん）するこの男に、弟子と言わせるわしの孫はさすがだ。

「さっき出がけに、ギルド長から渡されたんだ」

そう言ってシドは、ポケットからとても小さな一角ウサギの角を出し、テーブルの上にそっと置いた。

「随分と小さいな」

「ああ。子ウサギが初魔獣とは、実に嬢ちゃんらしい。はっ、はっ、はっ」

「これがあの子が倒した魔獣か！　わしの孫らしいな。わははは」

この角は、師匠から弟子へのプレゼントにするために加工するらしい。

冒険者の伝統的な習慣なんだとか。


「それで、今の教え子たちはどんな様子だ？」

酒とつまみを注文しながら聞くと、彼は苦笑いしながら首を振った。

「どうした？　問題か？」

心配すると「そうじゃない。自分の未熟さを思い知ったんだ」とシドは自虐的に肩を揺らす。

シドが未熟？

「少し前から冒険者希望の子供を二十人くらい集めて特訓を始めたんだが、驚いたことに全く練習にならなかったんだ。五歳から上は十五歳くらいまでの子供、全員が」

「練習にならない？　ん？　どういうことだ」

わけが分からないという顔をすると、彼はグラスを片手に持ったまま話を続けた。

「魔力量が少なすぎて、魔法の練習が一日に数分しか出来ないんだよ。困ったもんだ」

「あー、ふむふむ。なるほどなぁ。マリーの時はどうしていたのだ？」

「嬢ちゃんの魔力量は桁外れだ。一日中使ったところで魔力疲労すらしない」

「ほう。それじゃ同じようには出来んな」

マリーは凄いな。やっぱりわしの可愛いマリーだ。

「それなんだよ。どうやって教えたら良いのか途方に暮れて。そこで、魔力が切れたら剣を教えようとしたが、魔力切れで動けない。無理をさせると体を壊すから、気を付けてはいるがな」

「大変じゃなぁ。鍛えようがないではないか」

シドはグラスを一気にあおってテーブルに置くと、ため息を一つ吐いた。

「私もそう思ったよ。才能のない奴に教えても無駄だ、と切り捨てようと思っていた所に嬢ちゃんが来てな。『毎日魔力切れまで練習するなんて、根性ありますね』って言われたよ。目からウロコだった」

「確かに、魔力切れの疲労はキツイな。それも毎日だなんて」

「そうなんだ。今の私は魔力量が多いから忘れていた。そこでやっと、やる気に満ちた生徒たちを上手く育てられないのは〝自分が未熟だから〟と、気付いたわけだ。はっ、はっ、はっ」

　彼は空のグラスを弄び、意外にも嬉しそうに笑っている。

「いや、そう思えるシドも凄いぞ」

「私も子供の頃はそうやって鍛錬したものだった。あの子たちは私を超えるかも知れんな」

　わしは届いた乾燥豆をシドに差し出し、彼の空いたグラスのお代わりを注文した。

　少し酔ったシドは『ふふっ』と思い出し笑いをする。

「嬢ちゃんは特別な子だったよ。魔力量が、じゃない。それも凄いが、もっと凄いのが好奇心だ」

「好奇心？」

　マリーはわしにとって全部が凄いのだが、好奇心？

「当時の嬢ちゃんは十を言えば五は理解する。後はあの子の好奇心だけで、勝手に二十まで辿り着く」

　ふむ。研究者向きだな。

「普通はどうなのだ？」

「そうだな。子供なんて十を言って一を理解すれば合格だ。それを十にしてやるのが指導者の仕事だな」

「それもそうだな」

そう聞くとマリーは凄いな。うん。わしの孫、凄い。

「子供の頃のハートも優秀すぎた。だから忘れていたんだよ。言葉を尽くして理解させることの大切さを。生徒たちには苦労させてしまった。私も新米先生だ」

シドは届いたグラスに口をつけ、毎日が勉強だと楽しそうに顔を綻ばせた。

わしも若者たちのために、何かしたいな。

そうだ、ギルドで何か手伝いをさせて貰おう。

時々若い奴らに、上手い飯でも作ってやろうかな。

貸し出している屋敷の管理の仕事を、金の無い若者に任せてもいいかも知れんな。

寄付集めの夜会

秋は夜会の季節。窓の外では、月が満ちて空を照らしている。

私は今宵の夜会のために、お城の豪華な控室に案内されたのだ。

部屋は隅々まで、金の燭台の優雅な光で満たされている。部屋中に花が飾られ、各テーブルには甘い香りを放つお菓子が山のように盛られていた。

さすがお城。色々と凄い。


「こちらにお座りください、聖女様」

「はい」

パウダールームのお高そうな金色の鏡の前で、ヘアメイクの白神官さんにお化粧をして貰う。

そして夜会用の淡い水色のロングドレスを身に纏(まと)うと、私は完全な別人になった。

前より手際が良くなっている……。

コーデンさんに希望するドレスの色を聞かれた時、つい、水色を選んでしまった。

大好きなピンクは特別な時に取って置きたくて。

寄付集めの夜会で着ちゃうのは、ちょっと勿体(もったい)ないよね。

「ノーテさん。今日は、誘われたらダンスして、話しかけられたら笑うだけ、ですよね？」

「そうです。余計なことは喋らずに、ただ笑っているだけで良いのです。それ以外は何もしないでくださいね」

パウダールームを出る時ちょっと確認しただけなのに、銀縁メガネの奥で睨まれちゃった。

てへ。今回はちゃんと覚えていますってば。前科持ちですけど。

今日の警護はテッドさん。聖騎士の白銀の鎧を着ている。もちろんレンタルだ。

エスコート役はハートさんがいないので、代わりに黒のタキシードを着たエヴァスさんが来てくれた。誰に依頼したらいいのかと悩んでいたら、ノーテさんが手配してくれていた。

「エヴァスさん。本当に助かりました。ありがとうございます」

「とんでもない。僕たちは親友じゃないか。いつでも協力するよ」

いやいや、お宅のお母様、すっごく私のことを嫌っているじゃないですか。

夜会とか、よく許可を出してくれたと思うのよ。

あ、あの腹黒執事が、私を見て笑っている。笑顔がいつもより胡散臭いな。ノーテさんと、どんな裏取引が……。

その執事の後ろで、オレンジの髪のカトリーナがきょろきょろと何かを探していた。


「カトリーナ！　来てくれたの？」

「マリー！　うふふ。ちょっと差し入れをね」

私を見つけて満面の笑みに変わった彼女が、あの豪華なお菓子の山を目で指した。

「これ全部カトリーナの差し入れだったの？　ありがとう!!　もしかしてお花も？」

そっか、ここはお城だもんね。カトリーナは第三王女だし。

「ふふ。いいの、いいの。それに、エヴァスがヘマをしてないか、確認しに来ただけだし」

「フン。しませんよ。それに、あのお菓子は、私が差し入れにどうかと、カトリーナに提案した物ですからね」

ははは。また二人の喧嘩が始まった。

趣味は同じだし、好きな物も同じだし、幼馴染だし。もう、付き合っちゃえばいいのに。

「マリー、そろそろ時間です。笑顔を維持するのが、今日の仕事だと思ってください」

「はい、ノーテさん！　じゃ、カトリーナ、後でね！」

私はカトリーナに小さく手を振ると、エヴァスさんと一緒にノーテさんを追いかけた。

「スー、ハー」

会場の扉の前で、大きく深呼吸をする。

「マリー、とても綺麗ですよ。笑顔を忘れずに」

「はい、ノーテさん！」


エヴァスさんが私の手を取ると、ノーテさんの合図で扉が両側から開かれた。

目の前には下りの階段。上から会場全体を見渡せる。演奏が止まり、一斉にすべての視線が集まった。今日は花びらもキラキラも無い。私一人の存在で、すべてを支配するのだ。

ドレスの裾を持つ指先にまで神経を使い、優雅に微笑みながら挨拶をした。

「「「ほう」」」

時がゆったりと流れ、周囲のため息が会場を包む。

私が全体を見渡し終えると、演奏が再開した。音楽が空間を満たし、再び活気を取り戻す。

ふぅ。出だしは順調みたい。これからが本番だ。


今日は代わる代わる挨拶に来る人たちに、にっこり微笑むだけのお仕事。

間違っても『お金ください』なんて、言ってはいけない。

聖騎士姿で直立不動のテッドさんを見て、こんな仕事をさせて申し訳ないと、心の中で謝罪する。

これはギルドの依頼ではなく、完全なボランティア。

聖女直轄の第二聖騎士に警護を頼むつもりでいたのに、テッドさんが自ら申し出てくれた。

知った顔の方が安心だろうと。ありがたいです。


挨拶が終わると今度はダンスの申し込みで列をなす。

会場は華やかな光で満たされ、音楽が空気を揺らしている。シャンデリアから落ちる光が、床の白い大理石を金色に照らしていた。色とりどりに着飾った大人たちが優雅に踊り、笑い、会話を楽しんでいる。そしてこの場の中心に、淡い水色のドレスを身に纏った、私がいた。


冷静になると場違い感が半端ない。あまりの華やかさに気おくれしそうになる。

いや、私は聖女。この場を支配、する。のだ……。ははは。心が折れそう。

「聖女様、一曲、ダンスをご一緒していただけますか?」

エスコート役のエヴァスさんが仰々しく膝を突いた。

私たちは音楽に合わせて踊り始める。

正直、エヴァスさんだと気を遣わなくていいから助かるわ。

「既にお疲れのようだけど、ダンスは始まったばかりだよ」

「はい。いい感じの所で、助けに来てくださいね」

「ははは。おおせのままに」

エヴァスさんとのダンスが終わると、すぐに別の手が私をダンスに誘う。

代わる代わる挨拶がてら笑顔で踊り、いつ解放されるのかと、頭の中はそればっかり。

やっぱり、公務での夜会はキツイな。自由に休むことも出来やしない。

でも、これは立派なお仕事なのだ。頑張れ、私！

さすがに疲れてテッドさんを横目で見ると、エヴァスさんに合図をしてくれる。

あ――。助かった。


パウダールームに戻るとぐったり、へにょん。笑顔を作りすぎて、顔の筋肉がおかしくなる。

ノーテさんが神官さんたちに「十分で終わらせなさい」と指示した途端、髪やお化粧をピットインしたF1カー並みにメンテされた。

さすがプロ、私に一切の負担が無い……。

そうだ。ヘアメイクと言えば黒神官時代の先輩の、あの、口の軽いサーシスさん。

強引な彼女は、希望通りにどこかの貴族の専属になれたらしい。さすがだ。

みんな頑張っているよなぁ。私も頑張らなくちゃ。

「何かに誘われたり、約束させられたりしていませんね？」

「はい。言われた通り、すべて『教会を通してください』で押し切りました」

「素晴らしいです。この調子で最後まで頑張ってください」

ノーテさんは満足そうに口角を上げると、久しぶりに褒めてくれた。

えへへ。嬉しいな。

後ろで神官さんたちが「このお化粧品は、ジョセスカトリーナ様もご愛用の品なんですって」と、楽しそうにきゃっきゃしてるし。

皆さん楽しそうで、何よりです。

資料室と裏庭薬草庭園の今

ひんやりとした薄暗い地下にある資料室。背の高い棚が綺麗に並び、まるで証拠保管庫だ。室内に漂う紙の匂いと黴臭さは、昔とちっとも変わらない。

その中を、十歳くらいの女子黒神官三人と男子黒神官の二人が、忙しそうに走り回っていた。

彼らの中には図書室から来た子や、生活用品の在庫管理をしていた子もいる。用語さえ覚えたら即戦力。人手不足の資料室は、白神官になる近道だ。内部進学みたいなものだけど、受かるのは毎年全体で一人か二人の狭き門。それでも外から入るより、かなり有利だ。


今日はこの黒神官五人に加え、テッドさんと私の七人で資料室を回している。

私は資料室全体が見通せる奥の小部屋で、指示を出しているだけだけど。

多少時間がかかっても、聖女に意見する人はいないので教育にはちょうどいい。


「ありがとうございます、テッドさん」

「いいんだ。私も資料室の仕事には、興味があったし」

隣でテッドさんは次々と溜まる返却資料を、手早く仕分けている。

数回教えただけなのに、分類が完璧で驚きだ。

「聖女様、こちらはどうすれば……？」

「ああこれね。昨年の予算書も付けて渡してください」

小さな彼女が部屋から出ると、梯子（はしご）を登り、その小さな手で資料を摑（つか）む。

ふふふ、可愛いな。昔の私もあんな風に見えたのかな。

「あの……、聖女様。この古い資料の返却場所は？」

「それはあの奥ですね」

私が最初に作った棚だ。薄汚れた張り紙には、誇らしそうに〝議事録〟と書かれていた。


「おい、黒神官。先月終わった修繕の領収書。大急ぎで寄越せ」

あれ、この声は……。顔を上げたテッドさんを手で制し、私は急いで小部屋を出た。

「かしこまりました。こちらに部署とお名前をお書きください」

「俺は今すぐ出せって言ってんだ！」

来たな、パワハラさん。受付の男の子が驚いて固まっている。

「こんにちはアイゼンさん。私を呼ぶなら普通にしてくださいよ」

私を見て、アイゼンさんはニヤリと笑った。

固まっていた男の子はテキパキと貸し出し帳を開き、流れるように別の子が資料を探しに走って行く。

「よく仕込まれているじゃないですか」

「優秀な子たちですよ。彼らのこと、お願いしますね」


ここはもう、彼らに任せても大丈夫かな。ピークの時間が過ぎれば一気に静かになるし。

テッドさんの返却資料の片付けも終わったので、後は任せることにした。

彼らには、新しく届いた資料の仕分け作業も待っている。あまり手を貸すのも良くないし。

「聖女様。本日はありがとうございました」

「また手が空いたら、顔を出しますね」

私の出入りは自由だけれど、彼らには早く一人前になって貰いたい。

そうだ。帰りにちょっと、裏庭の確認だけしようかな。

「テッドさん。裏庭薬草庭園に寄っても良いですか？」

「もちろんだよ。それにしても忙しかったね。昔からなの？」

私たちは資料室を出て裏口から建物を出ると、長い渡り廊下を通って裏庭に向かう。

「そうですね。その辺は変わりません。でも、最初の頃は資料が棚から雪崩（なだれ）を起こし、別の意味で大変だったのです」

　こっちの世界のビジネス用語も知らない中、薄暗い地下室で、予算書や議事録を読んだ日々。中身が中学生でもきつかった。当時は黒神官に人権が無い時代だったから、余計にね。

「最初の頃って六歳だよね？」

「はい。教会の情報をすべて握って、魔王になり切っていましたよ」

「ふふふ、愉快な魔王様だったんだ」

　悪になりきり資料室を燃やす妄想をしては、一人で不気味に笑ってたっけ。

　私も立派な中二病だったたな。フェルネットさんを笑えない。

　しかも全世界の教会の本部という立場を活かし、各国の風土を調べ、薬草のテストもした。資料に色々なメモを『うっかり』挟(はさ)んで渡していたことは絶対に秘密だ。

「ここが研究所です」

　渡り廊下の突き当たりに着くと、ポケットから鍵を取り出し研究所のドアを開けた。

　壁際の大きな木の机の上には、ビーカーやフラスコ、試験管立てが整然と並び、その隣に苦労して手に入れた、魔道具の天秤や分析器が置かれている。ソファーの周りは私が書いたメモや本が山積みになっていた。

片付けておけばよかった。

「へぇ、珍しい道具や、随分と高価な実験器具があるんだね」

「ふふふ。窓の外を見てください」

窓を開けると、薬草が青々と生い茂り、まるでイングリッシュガーデンのよう。

爽やかな風が気持ちいい。

「一番高価なのは、この薬草たちなのですよ」

「あ。あれってこの間の？」

横に来たテッドさんは日陰のジメジメした場所を見て、目を丸くした。

そこには初めての依頼で採取した薬草が、わさわさと風に揺れている。

はは。いいリアクション。この顔が見たかった。


「凄いでしょう。野生と違って茎も葉も健康なのです」

栄養たっぷりの人工栽培ですからね。

「雑草じゃなかったんだ。庭園とは名ばかりの、手入れのされていない裏庭だと……」

「ふふふ。そうなのです。泥棒さんも素通りです。農園みたいな庭園です」

テッドさんは、本当に雑草だと思っていたみたいで逆に驚いた。

でも、そうか。表の庭園は綺麗に刈り込まれているものね。

「じゃあ、向こうの草も貴重なの？」

「もちろんです。あれは緑の加護持ちでも栽培が難しいとされている爆発草です。危険人物と思われながら種を買いに行った、ほろ苦い思い出が……」

「すごいね。マリーは一人でこれを？」

「いえいえ、お手伝いしてくれる友人がおりまして」

カトリーナや庭師のドーマンさんが支えてくれた。

「へぇ。でもすごいよ」

「ほぼ、趣味ですけどね。魔法なしで苗を育てるのは大変でした」

いけないい、いけないい。

つい、私の趣味の話で時間を取らせてしまった。

「今度はテッドさんの好きな物を教えてくださいね」

お返しに、今度はテッドさんの趣味話も聞いてみよう。

変わった魔獣とか好きなのかな？　モソモフ系ならいいな。

「そうだね。ぜひ」

外に出て軽く掃除をすると、テッドさんが魔法で水やりをしてくれた。

おおお。綺麗な虹が出来ている。

そっか、テッドさんは水魔法が使えるんだった。

なんて便利な。あ、いや、じょうろ代わりにするつもりはないけれど。


「マリー！　やっぱり来ていたわ！」

「カトリーナ！」

そろそろ帰ろうかと片付けていたら、オレンジ色のゴージャスな髪のカトリーナが来た。

嬉しくて笑顔になると、カトリーナが飛びついて来る。

「先日はバタバタして、ゆっくりお話し出来なかったでしょう？」

「お菓子やお花をありがとう。お城の控室の手配も全部、カトリーナが協力してくれたって聞いた」

「うふふ。楽しくなっちゃって、やりすぎちゃった」

彼女は可愛らしく「てへっ」と舌を出す。

仕切ったり手配をしたり、自分で色々するのが好きなのよね。

第三王女なのに、ハーブの栽培も自分でやりたがるし。


「やあ、カトリーナ」

「あらテッド。お久しぶり……でもないかな」

「この間は警護の仕事中だったからね」

「あれ？　二人は知り合いなの？」

テッドさんとカトリーナは顔を見合わせてクスクス笑う。

「そうなの。幼馴染なの」「ああ。幼馴染なんだ」

へぇ、幼馴染かぁ。あ、そっか。二人は同じ教会学校だった。

私の場合、フェルネットさんが幼馴染になるのかな？　よく一緒に悪戯（いたずら）しては、ガインさんに怒られたっけ。あれ？　よく考えたら、毎回巻き込まれていただけのような……。

「カトリーナはいつもエヴァスと張り合って。私がいつも仲直りさせていたんだよ」

「違うわよ。エヴァスが先に、私の好きな物を見つけるの！」

カトリーナとエヴァスさんって、学校でもここにいる時と同じだったのね。

ぷぷっ。学校で二人が喧嘩をする姿が目に浮かぶ。

師匠から弟子へ

初魔獣を倒した数日後。いつものようにテッドさんと一緒に依頼を終わらせて、冒険者ギルドに戻って来た。賑やかな依頼達成受付カウンターでいつもと違い、この場で待つように指示される。こんなことは初めてだ。私たちを横目に、次々と冒険者たちが手続きを終えて帰って行く。

この場で待ってってどういうこと？　私たちだけ？　何だろう……。ちょっと不安。

「毎回、あの薬草を売りに出すのは、怪しかったですかね？」

「どうなのかな？　少し儲けすぎたかな。ちょっと気になるね」

小声で私がそう言うと、テッドさんも声をひそめた。

私は背伸びして、受付の奥を覗き込む。

教会で育った私は常識に疎いし、テッドさんはお坊ちゃんだから更に疎い。

先に師匠に相談しておけば良かった、とちょっと後悔。

そんな心配を余所に、受付のお姉さんがニコニコしながらギルドカードをトレーに載せて戻って来た。

「おめでとうございます。お二人とも、Eランクに昇格です」

「「え？」」

予想外の展開に、つい、二人で顔を見合わせる。まさかのランクアップ?!

「「ぷっ」」

思わず笑顔で吹き出した。さっきの心配はなんだったのよ。

「やったー！」「やったね！」

二人で両手を合わせてハイタッチ。わーい！


「うふふ。それでは、ギルドカードをお確かめください」

お姉さんは、語尾に音符が付きそうなくらい明るい声だ。

私たちはそれぞれに、そっとギルドカードを手に取った。緊張して手が震える。

まじまじとカードを見つめ、端に大きく〝E〟と書かれていることを確認した。

その文字を指でなぞってニヤけちゃう。おお、初めてのランクアップだ。

「間違いありません」「私もです」

うふふん。早くみんなに知らせたい。

「師匠に報告しましょうよ」

「そうだね」

ギルドの裏手に回ると、子供たちの楽しそうな声が聞こえて来る。

休憩らしく、彼らは師匠を囲んではしゃいでいた。元気だなぁ。

「よう！　お前さんたち。ちょうど良かった」

師匠が私たちに気付いて、座ったまま片手を上げた。そして子供たちの頭を撫でた後、パンパンと服に着いた土を払いながら歩いて来る。

「これを嬢ちゃんに渡そうと思ってな」

師匠がポケットからゴソゴソと何かを取り出した。指でつまんで揺らしたそれは、白い小さなストラップみたいな物だった。

「ギルド長から、嬢ちゃんが倒した子ウサギの角を渡されてな。その……。まぁ、なんだ。師匠から弟子に渡す、冒険者の習わしだ。ほれ、さっさと受け取れ」

師匠はとても恥ずかしそうに目をそらし、そっけなく私の手にストラップを握らせる。

「師匠が初めて私のことを弟子って……。どうしよう！　嬉しい！　ありがとうございます！」

何これ、涙が出ちゃう。師匠から弟子に渡すんだって。

しかも、初めて師匠の口から『弟子』って！

私は握らされた手を開き、ストラップに目を落とした。角にはアラベスクっぽい細かな模様が彫られている。その細工はとても精巧で、器用な師匠の手作りだとすぐに分かった。

「ギルドカードに、初魔獣の素材で作ったアクセサリーを付けるのが一般的なんだよ」

そう言って、テッドさんが自分のギルドカードに付いたストラップをゆらゆらと振る。細工はないけどピカピカに磨かれた、私のより一回り大きな一角ウサギの角。何気なく見ていたけれど、これがそうだったんだ。それにすごいタイミング。

「師匠――！　実は私たち、今さっき、Eランクに昇格したのですよ!!」

「はい。昇格しました」

テッドさんと二人で〝E〟と大きく書かれたギルドカードを、師匠の前に突き出した。

「おお、二人ともすごいじゃないか。随分と早いな」

師匠が確かめるように目を細めると「さすがだな」と嬉しそうに笑う。

「次からは依頼内容も変わってくる。気を抜くなよ」

「「はい！」」

なんだか色々嬉しくなって、つい、師匠に飛び付いた。

「こらこら」

いつものように引き剝がされ、師匠は手をひらひらさせて子供たちの輪に戻って行く。

最近分かったけど、師匠は意外に照れ屋なのだ。


「普通はね、一緒に討伐した指導者から貰うんだよ。マリーはシドさんの弟子だから、きっとギルド長が気を利かせてくれたんだね」

なんと！　後でギルド長にお礼を言わなければ。あの人ってば、意外と気の回る人なのよね。

あー、でも嬉しいなぁ。

「私、ずっと自称弟子だったのですが、これって、正式に弟子と認められたってことですよね？」

それが嬉しくて、嬉しくて」

「ははは。シドさんも照れ屋だなぁ。みんなマリーのことを、シドさんの弟子だと思っているよ」

師匠はいつも『弟子は取らない』って言うから……。

そうだったんだ。もっと弟子っぽいことをすれば良かったな。

えへへ。どうしよう、顔が緩んで仕方がない。

早速ギルドカードに取り付けて、何度も眺めてはニタニタしちゃう。

「テッドさんは誰からですか？」

「私はガインさんからだよ。貰った時は嬉しかったなぁ。一日中眺めていたよ」

分かる――！　今日は一日中眺めていたいもん。


「そういえばガインさんたちは、ひと月以上も何をやっているのですかね？　帰ってくる頃にはSランクになっちゃいそうですよね」

「あはは。それはいいね。でもあれっきり連絡もなくて心配だね。『戻るまでにCランクにしておけ』と言われたのだけど……」

「へぇ。そうなのですか」


え？　Cランク？　そんなに長く遠征するつもりだったの？

まさかまた、五歳児を連れて山越えでもしているのかな……なんて。

ガインさんたちは、いったい何処で何をしているのだろう。

リリーとの旅の始まり

俺たちは休みも取らず馬を走らせ、たったひと月半で、マリーの家族の住む辺境の地〝ルバーブ村〟までやって来た。ここはなだらかな平原に囲まれた開拓村。小川が村を流れ、土壁の家々が点在している。村人たちは農業を生業(なりわい)として暮らしていた。

秋の日差しが農地を照らし、乾いた風が穀物の茎を揺らす。静かな平原にその音が、波のように通り抜ける。

「まったく、やってられねぇな。マリーの家族じゃなきゃ、とっとと引き返しているところだ」

俺は乗って来た馬を荷馬車と交換し、村役場を出た。

「まぁ、まぁ。それよりマリーは父親似なんだね。目元が特にそっくりだ」

「僕はあれがマリーの双子の妹だとは絶対に信じない」

確かに教皇(たぬき)様の言う通り、事態の収拾はすぐに出来た。

「彼女が見たステータスは見間違いではない。だが、リリーは特異体質だということが判明した。今から見せるステータスが本来の物だ」

集まった村人たちを前に我儘娘(リリー)に指示をして、ステータス偽装のペンダントを使用させる。この我儘娘は元々変わり者だったらしく、みんなあっさり信用してくれた。

隣に立つリリーの友達の女の子も「ずっと変だと思ってた」と呆れている。

いい子で良かった。

「そういうことで、彼女の体質は特殊なため、家族も含めて教会が詳しく調べることになった。彼らには山の麓の小さな村に移住して貰う」

村人たちにリリーの家族の移住を伝えると、各々(おのおの)で別れの挨拶が始まった。

その間に、俺たちはまとめた荷物を荷馬車に積み始めた。

「手伝うよ」

「悪いな。キリカ」

ただ、婚約者の男も一緒がいいと娘が騒いだために、この小柄な男も連れて行く。

突然の移住に巻き込まれたキリカは、黙々と俺たちを手伝ってくれた。

フェルネットに手綱を任せた荷馬車はゆっくりと進み、その軋む音が静かな森を通り抜ける。魔獣が出やすい夜間の護衛を受け持った俺は、揺れる荷馬車の中で、昼間の護衛をハートに任せて仮眠をしていた。

「ねぇ、マリーの所に行くの？　母さん、私が聖女になるってマリーに言って」

「はぁー。分かったから、少し静かにしていなさい」

「約束だよ」

俺は思わず片目を開ける。俯いていたキリカが、何かを言いたそうに顔をあげた。

分かるぞ。この娘もおかしいが、母親のリアクションも少しおかしい。

父親は不機嫌そうにダンマリだし、キリカも母親の手前、何も言えずに黙っている。

この我儘娘は、我々の予想をはるかに超えたモンスターだった。

リリーは俺たちが護衛と知ると、何度も荷馬車から飛び降りた。まるで子供の試し行動だ。

魔獣がいれば群れに突っ込み、敢えて危険に身を投げる。

その度にハートが体を張って守っていた。リリーはそれを見て満足している。

はぁ、用意していた回復薬も、これじゃすぐに底を突きそうだ。

俺は再び目を閉じて、夜中にリリーが抜け出す可能性を考えてうんざりした。

このままじゃ、全員の神経が持ちそうにねぇな。

予定通りに辿り着ける気もしねぇ。二か月、いや、三か月はかかるかも……。

俺は大きく伸びをしながら荷馬車を降り、空を見上げる。

夕日が森をオレンジ色に染め、星が一つ、また一つと灯り始めた。

「これから野営の準備をします」

俺の言葉にハートやフェルネットが即座に動く。

キリカも、何か手伝えることはないかと聞きに来た。

「危ねぇから座っていていいぞ」

「いや、俺は薪を拾って来るよ」

こいつは一生懸命に自分に出来ることを探し出し、忙しなく動いている。良い奴だな。

問題はこの親子三人。不満そうに黙って座り、いかにも〝自分たちは被害者だ〟という態度。教皇様の慈悲で、生きていられるだけなのに。


食事の用意が終わり、焚火を囲んで輪になって座る。

フェルネットがスープと焼いた肉をそれぞれに配ると、本日何度目かの「私そっちがいい」。

俺とスープを取り換え、ハートと肉を取り換える。めんどくせぇ。

その度に、申し訳なさそうにするキリカが気の毒だった。

この男だけが唯一、話が通じる常識人。今や俺のオアシスだ。

彼らは用意して来たカトラリーが使えないらしく、手や棒で器用に食べている。

村育ちでは当たり前だが、ついマリーと比べてしまう。

横を見たら二人も同じらしく、じっと彼らの手元を見ていた。


食事が終わってもほとんど誰も口を利かず、俺たちはただそこに座っていた。

気まずい沈黙の中、フェルネットが口を開く。

「ステータス偽装のペンダントは差し上げます。ただ、そのペンダントは違法な物なので、扱いには十分注意してくださいね。それと、お嬢さんには〝加護の件〟をきちんと言い聞かせてくださいね。次に同じようなことがあれば、約束通り拘束するそうです」

「約束通り？」

フェルネットの丁寧な説明に、父親は初耳のように目を剝いた。

「お聞きになって、いないのですか？」

そして、母親と教皇様が交わした約束の内容を俺が伝えると、父親はものすごい目で母親を睨む。

「マリーを教会に入れた件もそうだった！　リリーのせいで俺たちまで死罪になるなんて！　なぜいつも、大事な話を他人から聞かされるんだ！」

「だって！　言えばリリーを叱るじゃないですか！」

二人の声に驚いた鳥たちが、バサバサと闇夜に飛び立った。


「ねぇ、ガイン。マリーと、どんな旅をしたの？」

夫婦げんかの最中に、リリーが突然話題を変える。空気を読まない娘に今だけは感謝だ。

両親もその話に興味があるようで、急に黙って俺たちを見た。

「マリーには荷馬車の上で、読み書きや計算の勉強をさせていたな」

「そうそう。地理や歴史も。ダンスのレッスンもやったね」

「何それ楽しそう」

「お前も勉強するか？」

娘は突然立ち上がると、フェルネットをダンスに誘う。

フェルネットは一瞬驚いたが、すぐにダンスを教え始めた。

「下を見ないで顔を上げて」

元々が猫背なのか、首筋を伸ばすこともままならない。

すぐに手はグーになってしまうし。ま、村の子ならこんなものか。

「足を踏んでも構わないよ。そうそう。顔を上げて」

楽しければ何でもいいと、上手にフェルネットがエスコートをしていた。


フェルネットはさすがだな。

俺ならもっとこう、ごちゃごちゃ煩（うるさ）く言ってしまうだろう。

マリーは元々姿勢が良くて食べ方も綺麗だった。

ずっとそういう家で育ったと思っていたけど、違ったんだな。

お前のこと、何も知らなかったよ。


俺は、キリカの横に座りなおした。

「キリカ、彼女はどのくらい読み書きが出来る？」

「読む方はちょっと。書く方は全然ダメ」

「なるほどな」

明日から荷馬車の上で、もう一つの依頼〝読み書きの練習〟をさせることにした。

カタカタと走る荷馬車の中から、勉強の道具を投げ捨てること……十数回。

その度に、ハートは黙って道具を拾い集める。

教皇様が俺たちに、この娘に読み書きを教えろと言ったわけが分かったわ。

誰もこの我儘娘に、教えることが出来なかったからじゃねぇか。

あの狸め、先に言え。こんなことなら教育なんて、絶対に引き受けなかったぞ。

焚火を囲んで夕食を終えると、フェルネットがキリカと共にお茶を淹れて配り始める。

「うふふ。次はもっと遠くに投げちゃおうかな。ねぇ、ハート？」

「五歳の頃のマリーは、こんなの簡単に覚えたよ」

「余計なこと言わないで、護衛のくせに。私の方が偉いのよ」

ハートが苦笑いをして首を振った。

「お前はちっとも偉くないぞ」

「ガインは黙ってて！　私はハートに命令してるの！」


くそが。ハートはお前の使用人でも専属護衛でもねぇ。

教皇様からの命令で、お前を守っているだけだ。……と言いたくても、この我儘娘には通じねぇ。

体力の無駄だ。根気よく教えてやる程の義理もねぇし。


「読み書きが出来なきゃ、六歳の頃のマリーの代わりすら、務まらないよ」

「六歳の頃？　マリーは何をしていたの？」

「資料室っていう部屋で、書類を管理する仕事だ」

両親も興味があるのか、顔を上げてハートを見る。

「当時のマリーは慣れない環境で、毎日頑張っていましたよ」

ハートは両親に向き直ると、二人を交互に見ながらゆっくりと話した。

「ははは。逃げ出さずによくやってたよな」

「そうそう。任されたからには最後までやり通すってね」

俺たちから聞く幼い頃のマリーの話に、驚きを隠せない両親。

あいつは立派にやり遂げたよ。知恵を絞って、協力を求めて奔走して。


「でも、今は聖女でしょ？　勉強なんて必要ないじゃない」

「リリーは、聖女の仕事がなんなのか知らないのか？」

「人を回復して回るんでしょ。それくらい知ってる」

「じゃあ回復薬を配って回る仕事がしたいのか？」

ハートがすごい現実的な指摘をする。

確かにそうだな。

「そうじゃなくて、キラキラが降ってきて花びらが舞うの」

「それは仕事じゃないよ。この先リリーは何がしたいんだ？」

するとリリーは顎に手を当て、しばらく考え込んでいた。

こんなに真剣な顔を見るのは、初めてかも知れねぇな。

「……そうね。みんなが私の前で膝を突いて、みんなが私の命令を聞くの。それでね、綺麗なものに囲まれて過ごすの」

おい。

「……。そうなるためにも、まずは読み書きだな」

あ、ハートが諦めた。あのハートの心を簡単に折ったよ。

凄いな。

それからのハートは表情も変えず、リリーに無理やり読み書きをさせた。

逃げ出すリリーをハートは縛り付けたが、両親は見て見ぬふりだ。

彼女は逃げても無駄だと分かると、今度は少しずつ媚びるようになった。

「ハート、一人で平気か？　何か手伝おうか？」

「いや、彼女は逃げ癖があるだけで、頭はいい。すべて俺に任せて欲しい」

その逃げ癖が大変なのに。教え方はシドさん直伝だし、任せるしかないか。

家族の名前が書けるようになった頃には、すっかりおとなしくなっていた。

いつものように焚火を囲みお茶を飲む。
リリーが向こうで、練習の時に書いた字をハートに見せていた。
「やれば出来るじゃないか」

「うふふ。ハートがもっと優しくしてくれたら、もう少し頑張ってあげるよ」

「文章が書けるようになってからだ」

「ふえーん。頭を撫でてくれたら頑張るかもー」

ハートに体を寄せて甘える我儘娘は、人を操るためなら馬鹿な振りもするし、婚約者の前でも平気で色目を使う。本能なのか、それとも計算尽くなのか。

それとなくハートが体を引き離し、俺の側に逃げて来た。

まったく。女に不自由しないハートには逆効果だっての。

キリカの方は父親がフォローに回っているが、確かに俺でもそうするか。

こんな優良物件、俺が父親でも絶対に手放さない。


「大丈夫か？」

「フン、どうってことない」

ハートは平気だと言うが、こんな役回りをさせて申し訳ない。

上手くやらないとあの母親みたいに、リリーに操られて終わりだ。

鉄の心を持つハートには適任だが、負担も大きい。

「あの子に読み書きを教えてくれて助かった。本当に、本当にありがとう」

父親が俺たちの横に座ると、改まって頭を下げた。

相当困っていたのは言われなくても分かるが、そこまで感謝されるとは……。

「これから皆さんが暮らす村は、魔力を使用せずに回復薬を製造しています。実験的に薬草も、魔力を使用せずに栽培しています」

「それは助かる！」

父親はとても嬉しそうに顔を上げた。

父親はキリカの隣に行くと、〝リリーも一緒に出来る仕事〟だと嬉しそうに説明している。

こっちの方が本当の親子のようだ。

出発前に説明した、提供する住居と共に回復薬の製造と薬草栽培の仕事。

あの時は感情的で、まともに話を聞いて貰えなかったからな。

「この薬草や、回復薬の製造方法を研究したのはマリーです。十年近くかけて、魔法を使わずに生きていけるよう、自力で開発したんですよ」

両親どころか、キリカもリリーも驚いていた。

「『魔法を使わずに生きていけるように』と、あの子が？」

「そうです、お母さん。たった一人で教会の裏庭の離れに住み、コツコツと研究をしていました」

「そんな研究を十年近くも？」

「そうですよ。自分に出来る範囲で精一杯やっていました。同年代の子が制服を着て学校に行くのを、とても羨ましがっていましたけどね」

ちょっと嫌みだったかな？　でも少しは言ってやらないと気が済まない。

父親が顔色をなくして俯いた。

リリーが「あれ？　マリーは学校に行かなかったの？」と不思議そうな顔をする。

「違うのリリー。母さんが教会にマリーを入れたから……」

「加護もないし、学校に行くって出て行ったんじゃないの？　母さんはマリーを捨てたの？」

「捨てたつもりはなかったわ。でも私が教会に入れたから、活躍出来たのよ」

おいおい。それを自分の手柄にするのかよ。リリーにそっくりだな。

結果を残したのはお前のおかげじゃない。

「奥さん。それは違いますよ。たとえマリーが村に残ったとしても、王都の学校に通ったとしても、どこにいようと開発はしていたと思います。あの子はそういう子ですから」

聖騎士に手を引かれて教会に向かった時の、あの辛そうな作り笑顔を知らないくせに。

何度も何度も振り返るマリーの背中を見送ることしか出来なかった、あの時の俺たちの気持ちを知らないくせに。

俺の言葉に母親が、辛そうに下を向いた。

ああ。やっちまった。あいつのことになると、つい、感情的になっちまう。悪い癖だ。

そうだよな。そうとでも思わなきゃ、自分を許せなかったのかもな。

シドさんなら、もっと上手く伝えられたのだろうか……。

俺は自分の顔を、両手でパンと叩いた。

旅のゴールはまだまだ先だ。俺がしっかりしなくてどうする。

「奥さん。安心してください。マリーは……いいえ、あなたのお子さんは立派に成人し、独立しましたよ」

戦い方

「はっくしゅ！　うー、寒い。もう、三か月になりますけれど、ガインさんたちは本当にどこで何をしているのですかね。絶対に私の噂をしてますよ」

今日は商人さんの護衛の仕事。Eランクになると近隣の村までの、日帰り護衛の依頼がある。

魔獣より〝盗賊除け〟というのが主な仕事。

簡単に言えば、強そうな剣を見せびらかして『冒険者がいますよー』ってアピールをする仕事だ。

装備だけは豪華な聖女の私と、お坊ちゃんのテッドさんには打って付け。

ま、夜じゃないから盗賊なんてほとんど出ない。

私は震えながら毛布をかぶりなおした。


「ははは。大丈夫？　ガインさんたちは本当に、山越えをしているのかもね」

「でも通常ルートなら、C級レベルの案件ですよね？　よく知りませんけど」

荷馬車の手綱を持ったままテッドさんは「ははは」と大きく笑う。

両脇に商人さんと私が座っている。

「そっか、そっか。マリーの山越えは、通常ルートじゃなかったんだよね」

「そうなのです。最短ルートで越えたから、三メートル以上もある大きな熊に襲われたのですよ」

黙って話を聞いていた商人さんが、目を丸くして驚いている。

ふふふ。凄い迫力だったんだから。


「ガインさんに聞いたことがあるよ。それってポイズンネイルグリズリーじゃない？」

「ポイズンネイルグリズリー？」

「爪に毒があるから、掠（かす）っただけでも致命傷だよ。とても危険な魔獣なんだ」

致命傷……。私はポンと手を打った。

「ずっと不思議に思っていたのですよ！　あの時師匠が、なぜ先に爪切りをしたのかって」

「ははは、爪切りって。確かにそれだね」

あれには意味があったのかー。

そりゃそうだよね。師匠が無駄な動きをするはずがない。

あの時は解説が無かったから……。

「それでですね。フェルネットさんが熊の動きを止めて、ガインさんが火を纏（まと）った剣でお腹を切り裂いて、そこにハートさんが黒い矢をバババって」

「黒い矢……。麻痺毒が付いていたのかな。お腹は他より毛が細いから、ガインさんはきっとそこを狙ったんだ。毛が凄く固いから」

なるほど！　凄いな。指示も無く、全員が無駄な動きもせずにあの連携とは。

「でも結局、師匠とハートさんが、魔法で首を落としてあっさり終了でした」

「首を？　さすがシドさんとハートさん。毛も肉も魔力なんて通りにくいのになぁ。凄いなぁ」

テッドさんが驚きながら「首を魔法で？」と何度も繰り返し呟いている。

いやいや、生の迫力はこんなものではなかったのですって。

もっと、もーっと凄かったのに。


「凄い連携だったのです。師匠が熊の首に手を当てて、ゼロ距離で凝縮した鋭い魔法をバババって。師匠の魔力が切れたと同時にハートさんが入れ替わり、更にバババなのですよ」

語彙力の無い私では、上手く説明が出来なくて歯がゆいな。

「戦闘中に魔力を使い切るなんて、シドさんは余程ハートさんを信頼しているんだね」

テッドさんがしきりに感心していてる。

言いたいことは伝わったみたいで良かったけど。

「おいおい。お前たちはEランク冒険者だったよな？」

商人さんが突然、話に入ってきた。

「「はい」」

「S級のポイズンネイルグリズリーを倒したって？　それどういうことだよ」

二人で顔を見合わせ肩をすぼめる。

そうだよね。知らなきゃ驚くはずだよね。

「私たちのパーティーはSランクなんですよ。主力の仲間は今、別行動中で」

「そうなのです。私たちは新人で……」

てへっと笑うと商人さんは大きく仰け反った。


「エ、エ、Sランク!!」

ははは。そこまで驚かなくても。

「Sランクの方とコネが出来るなんてな。今日はついてるぞ！　今後ともよろしくな！」

「は、はい……」

テッドさんはブンブンと握手した手を振り回され、引き気味に笑っている。

はははは。育ちが良いから、こういうことは初めてっぽい。

戸惑うテッドさんが可笑しくて、しばらく笑いが止まらなかった。

「では、依頼達成のサインをください」

「おう！　じゃあ今後もよろしくな！　テッド！　マリー！」

「「はい！」」

豪快なおじさんだった。『土産だ』って、洋ナシのようなパプアの実をたくさんくれたし。

「あの様子じゃ、マリーが聖女だってことも知らないな」

「ふふふ。こんなに喜んで貰える依頼は嬉しいです」

気分もいいし、今日はこのまま王都に戻ろう。


帰り道。二人でダラダラと歩いていると、遠くに馬車が見えて来る。

走り去る御者（ぎょしゃ）の男が遠目に見えた。

何事かと目を凝らした瞬間、テッドさんが殺気を放つ。私は慌てて腕を掴むと首を振った。

「待ってください、テッドさん。昔テッドさんを助けた時に、ガインさんから言われました。『加勢するなら慎重になれ。どちらが正義か見極めろ』と。ここは一旦冷静になりましょう」

「なるほど」

テッドさんは笑顔で頷き、殺気を消して身を伏せる。

私たちはこのまま様子を見ることにした。


「子供を出せ！」「ここを開けろ！」

馬車の扉を盗賊二人が、ガンガン棒で叩いている。

盗賊というよりも、人さらい？

「出て来い、この野郎！」

「さっさと失せろ！　子供がどうなってもいいのか！」

馬車の中から盗賊たちと言い争う声が。

私たちは顔を見合わせて首を振る。

どっちが人さらいだろう。まだ確証が持てない。


しばらく様子を見ていると、盗賊たちが馬車の扉をこじ開けた。

身なりのいい男が、とても可愛いらしい小さな女の子を抱きかかえている。

隣では、護衛らしき男が剣を抜き、盗賊たちを牽制していた。

「近寄るな」

護衛が素早く馬車から飛び出し、盗賊たちに向かって剣を振りかざす。

「危ない！　父さん！」

女の子は悲痛な声で、盗賊に向かって叫んだ。

「「あっちが人さらいだ！」」

テッドさんが勢いよく飛び出して、私もそれを追うように全速力で馬車まで走った。

一気に距離を詰めたテッドさんが、それに気付いた護衛に斬りかかる。

私は馬車の反対側からドアを開け、驚く人さらいを蹴り飛ばして女の子を引きずり出した。

早くこの場を離れなきゃ、テッドさんが戦えない！

暴れる女の子を無理やり抱え、馬車から距離を取るために高台へと一気に走る。

棒を振り回した父親たちが、その後ろを追ってきた。

「子供を返せ！」「お前は誰だ！」

「落ち着いてください！　誤解です！」

慌てて女の子を下ろして、父親たちの下へ走らせる。

「父さん！　兄さん！」

「無事か？」「怪我は？」

女の子と家族が抱き合い、お互いに無事を確かめ合っている。

「私は平気。でも父さん……」

「どうってことない。かすり傷だ」

いやいや、どう見てもかすり傷ではない。

一瞬悩んだけれど、この場で父親の怪我を癒すことにした。

「「え?!」」

私が手をかざすと、父親の傷は柔らかい光と共に塞がっていく。驚いた三人が一斉に私を見た。


そうだ、テッドさんに知らせなきゃ！

「こっちは保護しました！」

すぐに水の刃（やいば）が乱れ飛び、いきなり魔法が派手になる。

大丈夫かな。とりあえず私の声は届いたみたい。

既に護衛は虫の息で、辺り一面が血の海だ。馬車も原形をとどめていない。

背中を向けて逃げる人さらいも、テッドさんの魔法が当たって遠くで倒れた。

それを確認したテッドさんは、にっこりしながら目の前の護衛の首に剣を当てる。

「待って！　殺さないで！」

私は慌ててテッドさんを止めた。

いやいや、怖いって。もう戦意なんてないじゃない。

「ありがとうございます。聖女……様？」

女の子の父親が、頭を下げながらも首を傾げる。

とりあえずにっこり笑って頷いた。

こんな格好の聖女ですし、相方が派手に暴れてすみません。

紳士な普段と違いすぎる。

瀕死の二人を笑顔で引きずるテッドさん。顔に返り血が……。

「はははは。そうだね。思わず殺すところだったよ」

「テッドさん。その人たちは、怪我を癒して王都まで歩かせます。しっかり拘束してください」

いつもみたいに回復魔法を彼らにかけても、護衛の男は一度じゃ回復しなかった。

「ぎゃあああああああ!!」

傷は半分しか治らず、内臓が見え隠れする。それで激痛が走り、絶叫しているのだ。

え、どうしよう。こんな大けがを治すのは初めてで、戸惑ってしまう。

「マリー、そのまま続けて。いや、放置して、痛みで気絶させた方が静かでいいな」

テッドさんは笑っているけど、回復魔法の重ね掛けって拷問しているみたいで引くわ。

女の子と父親たちは商人さんが向かった村の人で、しきりに頭を下げて帰って行った。

初めて聖女っぽいことをした気がする。回復魔法は怖かったけど。

それにしても、拘束した二人を連れて歩くのは面倒くさいな。

この場合、先に門番を呼びに行くのが正しいのかな？　後で師匠に聞いてみよう。

正解が分からず仕方なく、四人でダラダラと歩くことにした。

「テッドさん。今回は緊急事態でしたよね？」

「え？　うん。そうだと思うけど、どうしたの？」

「私、人前での魔法の使用が禁止なのですよ。でも回復だけなら良いのでしょうか？」

「そうだったんだ。そう言えば一度も魔法を使ってなかったね」

「はい。おそらく修行なのです」

私の中でこの枷（かせ）は、カメの甲羅を背負っているあの、イメージなのだ。

実際の意図は知らないけど。

「修行かぁ。なるほどー」

テッドさんは純粋だから、適当に言っても完全に信じるので少々心が痛い。

「それにしても、子供って結構頻繁に誘拐されるのですね。昔、旅の途中で一度だけ遭遇したことがあるのですが」

「そうだよ。昔より減ったとはいえ、すごく多いよ」

「子供の頃、一人で買い物に行ってガインさんにとても叱られました。当然ですね」

「ははは。確かに危機感のない子だから、気を付けてくれと言われたよ。そのことだったのかな？」

思わずテッドさんを見上げると、高い位置からニッコリされた。

……黒歴史を消す方法はないのかな。


「お前……ふぐっ」

護衛が口を開いた瞬間、テッドさんが表情も変えずに裏拳で殴る。

ギャップ！　虫も殺さないような紳士だと思ってたのに。

ああ、せっかく治療したのに血が……。まぁいいか、人さらいだし。

「マリーは護衛慣れしてるって。ガインさんがそう言ってた」

「え？　そうですか？」

やだ。嬉しい。

「マリーがきっちりあの親子を守ってくれたから、戦いだけに集中出来たよ」

「そうですか。良かったです」

シルバーウルフの時のリベンジが出来た気がして、すっごく嬉しい。

戦闘の邪魔をしないよう、ハートさんとは何度も話し合ったんだもん。

色々話をしているうちに、すっかり日も暮れて無事に王都が見えて来た。

私はテッドさんに拘束した彼らを任せ、石畳の道を駆け足で門番さんを呼びに向かう。

「こっちです」

門番さんを五人ほど連れて戻ると、彼らはすぐに人さらいたちを連れて行った。

長い一日だった。
「やっとホッとしましたね」
「そうだね。逃亡の恐れもあるし、連行するのも気を遣うね」

冒険者ギルドに依頼達成書を提出し、報酬を貰う。私たちは同時にため息をついた。

「今日は何かおいしいものを買って帰ろう」

「賛成です」

んー。両手を上げて大きく伸びをする。

緊張で体がガチガチだよ。

「香りのいいお茶も買って帰ろう」

「串焼きのお肉も」

そうよね。私たちには癒しが必要よね。

買い物中、背後に殺気を当てられて、そっと柄に手をかけた。

「さすがだな」

え？　師匠？　既にテッドさんは、利き手を師匠に掴まれていた。

ちっ。速さで負けたか。


「もう！　ビックリしたじゃないですか！」

「はっ、はっ。二人とも体が強張っていたから、つい、な」

「あははは」「いやぁ」

「で、お茶だの肉だの買って、何かあったのか？」

「えへへ。その話は長くなるので、まずはお夕飯を……」

おなかがペコペコの私たちは、家に帰ると早速夕食に。パプアの実は本日のデザートだ。

おじいさまは、今日も冒険者ギルドで炊き出しをしているらしい。最近とっても楽しそう。

「ああ、これはいい香りだ」

師匠は、テッドさんが淹れる食後のお茶がお気に入りだ。

今度教えて貰おう。私も師匠においしいお茶を淹れたい。


「で、私たちの行動はどうでしたか？」

「おおむね正解だ。護衛の方はどうでもいいが、人さらいを生かしておくのは、背後関係を洗うのに都合がよい。ただ、役回りが逆だな」

「「逆？」」

二人で顔を見合わせる。

いやいや、私は剣で戦うには弱すぎるし、素早さもテッドさんの方が上だ。

と、テッドさんも思っているはず。

「嬢ちゃんは何のために、水の玉のコントロールを練習してきたんだ？」

「あ！」

魔力を凝縮した水の玉！　緊急時にはあらゆる手段でってやつだ！

「そうだ。嬢ちゃんが遠くから敵の利き手と足を撃ち抜けば、安全に無力化出来たはずだ」

「あああ」

テッドさんが撃ち抜くには、コントロールも甘いし威力も無い。

私だから出来るんじゃない！　あーん、私の馬鹿。

「危険察知能力の高いテッドが、人質とその家族たちの護衛に回るのが最適解だったな。敵の援軍が来ないとも限らん」

「ごもっともです」

テッドさんが真剣な顔で頷いている。


確かに援軍が来ていたら、私だけでは守りきれなかった……。

ぐぅの音も出ない。

何のために一点集中で威力を高め、魔力を凝縮する特訓をしたのよー。

こういう時のためじゃないかー。

うわーん。

リアルで地団太(じだんだ)を踏みたくなるほど悔しいよ。

「まぁ、そんな顔をしなさんな。おおむね正解だと言ったろ？　次からはそういう戦い方もあるということだ」

「「はい」」

私が脳内反省会をしていると「何事も経験だ」と師匠が笑う。

次に同じことがあったら絶対に……。

「テッドはフェルネットを参考に〝嬢ちゃんを上手く使う〟戦い方を考えるんだな」

「はい」

S級って、強いだけじゃないのよね。戦術もすごい。

「ほらほら。そんな顔をしてないで。新鮮なパプアの実が美味しそうだ」

うふふ。パプアの実を頬張ると、口いっぱいに爽やかな香りが広がっていく。

ん――――！　甘いは正義！

通称テッド

私の名前はテッドリーヴァン。通称テッド。現教皇の孫だ。

このことをマリーは知らない。隠しているわけじゃないが、言ってもいない。

私はお祖父様の伝手で、幼い頃からガインさんに剣の稽古をつけて貰っていた。

シドさんや、ハートさん、フェルネットさんにも色々お世話になっている。


ある日ガインさんから聖女警護の話を聞いて、私はそれに飛びついた。

適性検査で第四聖騎士（暗殺部隊）に配属されたが、守る側にも興味があった。

後で知ったが、お祖父様に『聖女の秘密を知る者を身内に限定したい』と言われていたらしい。

まさか自分の身内も対象にされると思わず、お祖父様には大変驚かれた。

まぁ、そのおかげで私に白羽の矢が立ったのだから、本当にラッキーだったよ。

でもなぜか、警護対象の聖女と一緒に依頼をこなす日々。

これじゃ、警護というより仲間だな。

「よう」

ガラの悪い冒険者がマリーの前に足を出した。厄介だな、こいつらはA級だ。

さて困ったぞ。

いつも私は冒険者ギルドに入る時、とても緊張をする。A級レベルに束になって来られたら、私一人じゃ守り切れないからだ。おかげで退路の確認が癖になっていた。

それなのに聖女であるマリーはお構いなしだ。

はぁ。周りの連中もニヤニヤしながらマリーを見ている。

ここは私が……と前に出ようとしたら、その足を、いきなりマリーが蹴り上げた。

え？


「いってぇなぁ！」

あまりの驚きに後れを取り、あっさり人男にマリーを抱き上げられる。

慌てた私の腕は、既に彼の仲間に押さえられていた。

さすがA級、私の殺気に反応したらしい。びくともしない。

殺していいなら何とかなるが、どうするか……。

「もう！　今日はお仕事で来たんですってばぁ」

「相変わらず生意気だな！　ほれ」

ガラの悪い大男がマリーを下ろし、黒い石を握らせる。

「え！　見つかったのですか？　きゃー！　ゴバスさん凄い!!」

へ？


マリーは大喜びでぴょんぴょん飛び跳ね、ゴバスと呼ばれた大男に飛びついた。

唖然（あぜん）として目を丸くしていると、いつの間にか腕の拘束も解かれている。

「ゴバスが手当たり次第に、それを探すよう指示してたんだぞ」

「そうそう。俺たちみんなに。な？」

「うんうん」「そうそう」「ああ。探した」

冒険者たちが各々（おのおの）頷いていた。

「うるせぇ、お前ら！　黙ってろって言ったろ！」

ゴバスは照れ隠しに怒鳴り散らす。

マリーは「ありがとう」とゴバスに微笑むと、みんなに向き直った。

「この石はですねぇ、稲妻で出来た石なのです。非常に珍しい魔力磁石なのですよ。これで各属性の魔力成分だけを抽出すると、色々なお薬が出来るのです！」

マリーは嬉しそうに、冒険者たちに貰った石の説明をしていた。

学校でそんな石があると習ったことがあったな。確か落雷石……だったかな。

おそらくここにいる冒険者たちの半分も、この話を理解してはいないだろう。

だが〝マリーが喜んでいる〟という事実だけが、この者たちにとって重要らしい。

それぞれが俺の娘は賢いだろうと、マリーのことを自慢する。

いったい君には何人の父親がいるんだよ。


「皆さんのためにも、絶対に良いお薬を作ってみせますからね！」

「「「「おー！」」」」

「任せたぞ！」「期待してるぞ」「ありがとな！」

冒険者たちは拳を振り上げ、楽しそうに盛り上がる。

ゴバスも嬉しそうにニヤニヤしながら頭を搔いていた。

ここはマリーにとって、小さな頃から通っていた〝親戚の家〟みたいなものだと聞いていた。

だが、新参者が多い王都で気を抜くことは出来ない。

私が警戒を解かずにいると「ここであの子に手を出す奴はいねぇよ」と苦笑いをした冒険者に背

中をポンと叩かれた。

「気を抜け若造」「安心しろ」「俺たちが許さねぇよ」「心配すんな」

私の肩を冒険者たちが、代わる代わるにポンポン叩く。

申し訳ないが、その強面の顔で言われても説得力がないんだよ。

私たちはいつものように掲示板から依頼を探し、冒険者ギルドを後にした。

「今日は森でホワイトリヨンの毛皮の採取ですね。魔獣狩りって冒険者っぽくて楽しみです」とマリーは無邪気に笑っている。


ホワイトリヨンは冬に出る、白くて手触りが良い毛皮を持った、とても愛らしい魔獣だ。

きっとマリーは一角ウサギの時のように飛び出して行くんだろうな。

つい思い出し、笑みが漏れてしまう。

それを見たマリーが「テッドさんもそう思いませんか？」だって。

ははは。

ここは「そうだね」と聖女様に同意しておくことにした。

調査依頼

寒い冬の朝、厚手のコートを着込んだ私たちは、いつものようにギルドの裏手の練習場に顔を出す。でも今日は、ちょっと用事があって来た。

焚火(たきび)の周りに集まった子供たちが、楽しそうにはしゃいでいる。

いつもより賑やかだけど、あれ？　なんだか生徒が増えてるな。

「聞いたぞ、お前さんたち。Dランク昇格だって？　順調じゃないか」

笑顔の師匠が寒そうに、両手を擦(こす)り合わせながら歩いて来た。

ギルド長ってば個人情報を漏らしすぎ。

テッドさんも苦笑いをしているし。

「えへへ。耳が早いですね。それを報告に来たのですよ」

冒険者になって四か月ちょっと。受付のお姉さんには異例のスピードだと言われたけれど、私は五歳から英才教育を受けている。それに、テッドさんはガインさんがスカウトするくらいの人だもの。師匠から『焦るな』と言われるけれど、もっと早くてもいい。

はやくみんなに追いつきたい。


「今後は泊りがけの依頼も受けようかと思って。それで、魔法の許可を……」

そうなのだ。今日は野営のために、魔法の許可を貰いにやって来た。

「構わんぞ。むしろきちんと結界を張るよう、指示を出すつもりだったわ」

「やったー」

冬は、魔法が使えないと厳しいのよね。

「テッドにも、嬢ちゃんの野営に慣れて貰わんとな」

「はい」

テッドさんは涼しい顔で笑っているけど、野営の経験はあるのかな？

いや、無いな。勝手なイメージだけど、野宿は似合わない。


Dランクになると、サラリーマンくらいの年収になる。

これは、専業で食べていける目安なのだ。もうバイト感覚じゃ務まらない。頑張らなくては。

師匠と別れた私たちは、地図を片手に白い息を吐きながら山の中を歩いていた。

「うー寒い。調査依頼って、調査が終わるまでは帰れないのですよね？」

「ははは。そうだね。ギルド長直々（じきじき）の依頼だし、出来るだけ情報を持ち帰りたいね」

山越えの通常ルート近くで大きな巣穴の目撃情報があったらしく、その調査なのだ。

巣穴？　怖いな。Dランクの初仕事でちょっと不安。

こういう時でもテッドさんは動じないから羨ましい。


ギルド長からは『遭遇したら逃げろ』と言われたけれど、そんな危険な魔獣をどこかへ誘導したら大惨事だよね。てことは、退路の確認が先かな？

「万一の時は、通常ルートと逆方向に回避ですよね？」

「私も同じことを考えていたよ。退路を先に決めたいね」

「でも師匠なら、私たちが考え付かないような何かを……とかぐるぐるです」

「ははは。そうだね。それも含めて一緒に考えよう」

彼は紫の綺麗な瞳を細めて笑う。私たちは歩きながら色々と意見を出し合った。

「よく考えたらさ、何かあってもマリーが結界で魔獣を拘束出来るよね」

確かに！　でも、拘束だけで倒すことは出来ないような……。

「討伐するなら、生態系も調査範囲ですか？」

「そうか、そのせいで別の魔獣が増える可能性もあるのか……」

辺りが暗くなったので、野営の準備を始めることにした。


私は両手を上げて、いつものように結界を張る。

金色に光る小さな粒が、私の手からキラキラと螺旋を描いて昇って行った。それが夜空いっぱいに広がると、大きな魔法陣を描いて消えて行く。次は地面の土を液状化させて、グニグニと豪快に、大きな個室やお風呂を作り出した。

テッドさんは目の前の展開に、いちいち目を丸くして驚いている。

この反応、新鮮すぎる。

「これが噂のマリーの野営？　想像よりも本格的だし、夜の魔法陣って綺麗なんだね」

「うふふ。これを見せたくて。魔法陣は展開時も透明化出来るのですよ。これからテーブルや椅子も作るので、食料の調達をお願い出来ますか？　お料理は一緒に作りましょうよ」

「分かった。マリーにはいつも驚かされるね」

彼はとても楽しそうに狩りに出かけた。

「ふぅ。こんなものかな」

細かな家具も作り出し、満足して仁王立ちになる。

空間魔法で持ってきた、お皿やカトラリーにタオルや石鹸などの日用品。

テッドさんの分も揃えたし、よし！　完璧。

ふふふん、ふふん。


「これは凄い。廊下まで……。高級な宿屋みたいだ」

「ちょっと気合を入れました。着替えたら洗濯もするので、ここに入れてください」

「ははは。凄いね。まだまだ驚くことがあったなんて。せめて料理くらいはやらせてよ」

彼は「いいから、いいから」と先にお風呂を勧めてくれた。

ホカホカと湯気に包まれて戻って来ると、私は目の前に広がる光景に息を呑んだ。

テーブルの上のお皿には薄くスライスされた艶々なお肉が並べられ、ソースが絵画のようにラインを描いている。琥珀色のスープは一点の濁りもなく、コンソメの香りが周囲に漂い食欲をそそる。

サラダやパンまでもが、美しく盛られていた。

マジですか。芸術的すぎる。育ちが良いのは感じていたけど、見てきた世界が違うのね。

「美しいですね。それに、とても美味しそう。ありがとうございます」

私は綺麗に並べられたいくつものグラスやカトラリーに目を落とし、ゆっくりと席に着く。

今後はこうして並べてあげよう。盛りつけも出来るだけ美しく。

「それはこっちのセリフだよ。夜の見張りもいらないなんて、本当に宿屋みたいだ」

「ふふふ。フェルネットさんお墨付きの結界なので、心配いりませんよ」

「さぁ食べて、食べて」

「はい。いただきます」

一口食べると見た目だけじゃなく、味も良くてびっくりした。

この人に死角はないのかな。いや、暴れ出したらやばい人だった。

お腹いっぱい食べて満足すると、私たちはそれぞれの個室で早めに就寝することにした。


「おはようございます」

「おはよう」

昨日の残りで朝食を済ませ、まだ薄暗いうちに私たちは出発する。

「寒くない？　私が出会う魔獣を書き留めておくよ」

「すみません。私じゃよく分からなくて」

彼は「任せてよ」と嬉しそうだ。

「まいったな。想定内の魔獣しか出会わないね」

「さっきのホワイトリヨンは可愛すぎました！」

「ああ、それに、毛皮はふわふわだ」

そう言いながら、静かに微笑むテッドさん。この顔は、あの肌触りを思い出しているな。

ホワイトリヨンのマフラーを持ってくればよかった。モフモフして癒される。

「少し、疲れましたね」

「ここは冷えるから、あっちで休もう」

彼は日向(ひなた)の石を指さした。

日差しの中は冬の寒さを忘れさせ、空調結界なしでも心地がいい。

朝から歩き詰めだったから、腰を下ろすとホッとする。


「巣穴周辺をくまなく調査したけれど、結局何も見つからなかったね」

「いっそのこと、巣穴に入っちゃいませんか？」

「うーん。索敵(さくてき)出来れば、安全なんだけどなぁ」

なるほど！　私はポンと手を打った。

「その手がありました！」

「え？　出来るの?!」

テッドさんが引き気味に驚いている。

ハートさんにスパルタで鍛えられたあの素敵魔法。

フェルネットさんと一緒に素敵酔いしながらやらされた、しょっぱい日々を思い出す。

「任せてください！」

私はその場で目を瞑り、余分な情報をどんどんカットしていく。

この辺が巣穴で……植物や虫、小動物の生命反応をカットして……と。

奥にいるのは……。んん？　これって蛇？　大きくて確実に変なのがいる。

冬だから寝ているのかな？　蛇だったら討伐の時は冷気で動きを鈍くすれば……。

「巣穴の奥に、大きな蛇っぽい何かがいました。うわぁ」

目を開けた途端、入る光でふらついた。すぐにテッドさんに支えられる。

「まだマリーに驚かされることがあったなんて。聖騎士でも出来る人は僅かなのに」

テッドさんが「信じられない」と首を振る。

ハートさんはいつも私に『自分で身を守れるように』と、教育してくれた。

感謝しなくては。

「幼いうちに慣れると楽だと言われて、ハートさんと一緒に外に出た時は常に索敵をしていました」

「やっぱり、そこまでやらなきゃダメなのかな？」

いやいや、大人でそれは、どうなのかな？　目を瞑ると歩けないし。

「師匠に聞いた方がいいですよ。大人には、大人のやり方があるのかも知れません」

慌てて否定すると、テッドさんは「それもそうだね」と肩をすぼめて苦笑する。

生態系も関係なさそうだし、蛇もアクティブに動いてないし、調査は終了ってことで私たちは急いで帰ることにした。

よし、ギルド長に報告だ。

私たちは、すぐにギルド長室に通された。それなのに、かなりの時間を待たされている。

「遅いですね」

「何かあったのかな？」

表を覗きに行こうと腰を上げたところで、ギルド長がドカドカと部屋に入って来た。

「おう、悪い。待たせたな」

再び腰を下ろす私たちを見ると、ギルド長は申し訳なさそうにソファーに座る。

「トラブルですか？」

「いや、ちょっと人手不足でな。冬だし。で？　報告を頼むわ」

そういえば依頼掲示板に、依頼書がたくさん貼ってあった。

寒いから、働く冒険者が減るのかな……。


「例の巣穴には大蛇がいるようです。活動はしていませんが、冬眠もしていない感じで」

「討伐しても、生態系に影響はなさそうです」

テッドさんが報告書をギルド長に渡した。

それをぺらぺらと捲ると、バサッとテーブルに置いて腕を組む。

「そうか……。奥に大蛇がいたか……。春になる前に何とかしたいな」

「討伐依頼をして頂ければ、私たちが倒してきますよ」

「マリーが、か？」

ギルド長は照れながら「悪い。もう大人だったな」と目を細めた。

私のイメージは、未だに小さなマリーだったらしい。

「私は凍結魔法が使えるので、あの手の魔獣と相性がいいんです」

テッドさんが自信満々に胸を張る。

「大蛇がDランク案件か？　人手不足だから助かるが。お前らに調査させろと言ったのは、シドさんだしなぁ。最初からそのつもりだったのか？」

ん？　師匠が私たちに？　そんな話は聞いていない。

ギルド長がもう一度報告書に目を通して悩みだした。

でも、寝ているところを倒すなら、ランクは関係ない気がする。

「任せてください！」「お願いします」

ギルド長は散々唸った挙句、条件付きでしぶしぶ許可を出してくれた。

せっかく見つけた魔獣だし、討伐も自分たちでやりたい。

早速裏手に回り、条件である師匠のもとへ。


「ほう」

師匠は機嫌よさそうに顎に手を当て、私たちの報告を聞いている。

「はい。ギルド長が、師匠の許可があれば行ってもいいって」

「もちろん許可は出すぞ。朝を待って、巣穴から外におびき出せ。日を浴びて怯んだところを、嬢ちゃんが全力で凍らせろ。次に頭部を魔法で破壊。テッドは嬢ちゃんの護衛に徹していればいい。お前さんたちにはおあつらえ向きの、楽な仕事だ。ほれ、気を抜くなよ」

怪しい笑顔でつらつらと戦略を語る師匠。何か引っかかる。

私たちに〝おあつらえ向きの、楽な仕事〟ねぇ……。

って！　やっぱり師匠!!

全然楽じゃないのですが!?

言われた通り朝を待ち、巣穴からおびき出して、怯んだ蛇を真っ白に凍らせた。それなのに自ら真っ赤に発熱して、覚醒していく。

なんなのよ！

テッドさんが追加で凍結させても、全く追いつかない。

「こっちは任せて集中しろ！」

「はい！」

長時間の頭部掘削作業で心が折れそう。

師匠！　頭部を破壊出来る気配がまったくありません！

私の全力なのに！　恐ろしい子！

やけになり、更に魔力を固めて叩きつけた。

「あ！　やっとウロコを貫通しました！　もうすぐです！」

「急げ！　解凍速度が速くて抑えきれそうにない！」

彼は動き出す場所を次々に凍結させて、大蛇を押さえつけている。

早くしないと二人共、吹き飛ばされてしまう。急がなきゃ。

グラグラと揺れる大蛇の上でバランスを取り、開けたばかりの穴に全力で風魔法を叩き込む。

中で魔法が爆発し、完全に頭部を破壊した。


「やりました!!」

「よし！　マリー、掴まって！」

私たちは、急いで大蛇から飛び降りる。大蛇はまだ、生きているかのように動いていた。

黙って様子を見ていると、大蛇の動きが徐々に鈍くなっていく。

うわぁ。動きがグロい。

「これが『おあつらえ向きの、楽な仕事』って……」

「はぁ、はぁ。シドさんにとっては、かもね」

彼は肩で息をして、その場に崩れ落ちた。

私は改めて、倒れた大蛇の姿を見る。完全に凍結が溶けた大蛇は濃くて深い黄金色だった。一枚一枚のウロコは、カットされた宝石のように美しい。角度を変えると虹色に光っている。

それにしても大きいな。大木のように太く、なぎ倒された木に埋もれて体全体は見えないけれど、生き物のサイズをゆうに超えている。

「怪我はないですか?」

念のため、テッドさんに回復魔法と疲労回復魔法をかけた。

「マリーがいると、回復出来るから安心だ」

私を見上げる彼が、手を差し出す。

起こそうとその手を取ると、逆に引っ張られて隣に座った。

「はぁ。少し休んでいこうよ」

「そうですね」

珍しい。テッドさんがここまでになるとは。

蛇、相当暴れていたものね……。私が立っていられたのも、彼のおかげだし。

「さすがに大物すぎた。私も知らない魔獣だし」

「へぇ。テッドさんも知らないなんて。山って怖い」

鉄より固いウロコとか反則だよ。しかも自家発熱するとか聞いてないし。

この大きすぎる蛇を、空間魔法で持って帰ることにした。

どの素材が使えるのか分からなかったし、解体する体力も残っていなかったから。

「よっ！　お前さんたち、お疲れさん。今帰りか？」

「師匠……」

冒険者ギルドに向かう途中、ニコニコ顔のご機嫌な師匠とばったり会った。

いや、『お疲れさん』じゃないし！

「師匠の感覚で楽な仕事って言われたら、私たちは死にますって！」

「命がけでしたよ！」

「はっ、はっ、はっ。無傷なら楽な仕事だ。ほれ、ほれ、報告に行ってこい」

なんて雑な基準なのよ。師匠ってば！

テッドさんと二人で肩をすぼめて報告に向かう。

「討伐してきました。蛇は裏の広場です。買い取ってください」

もう色々面倒で早口でそう言うと、受付のお姉さんに笑われた。

「ゆっくりお風呂に浸かって、ベッドにダイブしたいです」

「私もだよ。しばらくは休みが欲しいね」

ギルドのテーブルに突っ伏していると『「あれはなんだ！」と叫ぶギルド長に、腕を引かれて裏まで連れて行かれた。


「蛇です」

テッドさんも知らない蛇。それ以外に言いようがない。

「あれはストーンヘッドスネークだ」

ストーンヘッド？　へぇ。どおりで石みたいに固かったわけだ。

横でテッドさんが両手を口に当て、青い顔をしていた。

知っているのかな？

「あれって大きくなる前に討伐対象になる危険種ですよね!?」

テッドさん？　珍しく取り乱してるけど、どういうこと？

「ウロコがオリハルコンになってたぞ。あそこまで純度が高いオリハルコンは初めて見たわ」

お。なんか、お高く売れそうな予感。

「お前たちだけで倒したのか？」

「はい。まさかあの大きさで、ストーンヘッドスネークとは……」

テッドさんが更に脱力した。

ん？　そんなに高くは売れないのかな？

「あれは石化の毒を吐く。人によっては即死だ。二人とも無事で良かったよ」

は？　石化？　嘘でしょ。

「師匠が、私たちにおあつらえ向きの楽な仕事って……」

それを聞いたギルド長が、片手で顔を覆い「あのジジイ」と呟いた。

ちょっと師匠、どういうことですか？

「はぁ。とにかくあれはS級魔獣だ。お前たちはS級討伐のため、二段階アップでBランクに昇格だ」

「「S級魔獣？」」

テッドさんと二人で顔を見合わせる。

呆れ顔のギルド長が「ああ」と笑った。

「S級ですって！」「強いはずだよな！」

「フェルネット、そろそろ野営の場所を探せ」

「あい」

ガインさんがいつものように、フェルネットさんに声をかけた。

陽は少し傾いたけど明るくて、夕暮れにはまだ早い時間。

俺のために彼はいつも、暗くなる前に野営の準備を始めるのだ。

フェルネットさんは道から外れ、ゆっくりと森の中の開けた場所に荷馬車を止める。

その場所は、視界を遮る大きな樹木に囲まれた、平らな場所だった。


食料は、ハートさんが昼間にウサギを捕まえたから心配ない。

それが索敵のおかげということも知っている。

フェルネットさんなんて結界で俺たちを包んだまま、荷馬車を走らせていた。

もう何度目かの野営で慣れたけど、彼らにとってこれは、どうってことのない日常なのだ。

「薪を拾ってくる」

「おう、キリカ、いつもすまないな。ハートも一緒に」

ガインさんはそう言って、ハートさんに目をやった。

「キリカ、こっちだ」

彼は迷いなく、森の奥に足を踏み入れる。

流石S級だよな。歩きながら索敵が出来るなんて。

火を点けるのもガインさんの魔法だし、何をするも魔法、魔法、魔法。

[illegible]みなく仕事以外に魔力を使う。俺がこれまで[illegible]った世界だ。

[illegible]こって、ハートさんの風魔法で木を切っ[illegible]すぐだろう。

[illegible]んは、俺に出来る仕事をくれる。

[illegible]から準備するのも、ガインさ[illegible]いう人だとすぐに分かっ

「ハートさん、他に俺が手伝えることはある？」

一緒に薪を拾っていたハートさんは、顔を上げるとにっこり笑った。

「魔法は使えるか？」

「俺は緑だから、土に栄養を与えるくらいだけど……」

するとハートさんは辺りを見回し、少し遠くの枝を風魔法で切断した。

すごいなぁ。あんなに遠くの枝を切って、ここまで運んで来るなんて。

どうやってコントロールしているんだろう。

魔法の勉強をしていたルディでさえ、目の前のランプに火を点けるのが精一杯だったのに。

「この実を赤く出来るか？」

「これを？」

ハートさんは枝に付いた、まだ熟していないキルエの実を俺に差し出した。

「そのくらいなら……」

嘘だ。本当はやったことがない。

でも、出来ないって言いたくなかった。

俺はキルエの実を両手に乗せると、包むように魔力を流し込む。

いつものように、いつものように。

土に蒔いた種を発芽させる時のように、ゆっくりと成長させる。

するとキルエは、俺の手の中で徐々に色付いた。

彼は驚きの表情で顔を上げる。

「すごいな。まだいけそうか？」

「うん！　みんなのデザート分くらいは！」

俺はそれが嬉しくて堪らなくなった。

こんなふうに魔法を使ったのは初めてだ。

今まで、畑仕事以外に魔力を使うことを禁じられていたから。

彼はまだ青い、鳥に食べられていない綺麗な実を切って運んでくる。

俺の両手はすぐにいっぱいになった。


いけるかな？

いや、大丈夫。落ち着いてやれば……。

俺の手の中のキルエは、全部綺麗に赤くなった。

「ふぅ、うまく出来た」

もう魔力が残っていない。でも、やり遂げた疲労感が最高だ。

「キリカは魔力量が多いんだな。全部出来るとは思わなかったよ」

「ああ、うちの家系はみんな魔力量が多い。だから、大きな畑を代々任されて……」

「戻りたいか？」

少し暗い顔をした俺の表情を、ハートさんは見逃さない。

この人はぶっきらぼうに見えても、内面はすごく繊細な人だ。

こうやって常に俺の変化を感じ取り、声をかけてくれる。

村を出るのも、家族から離れるのも、旅をするのも、全部初めてだから心細くならないように。

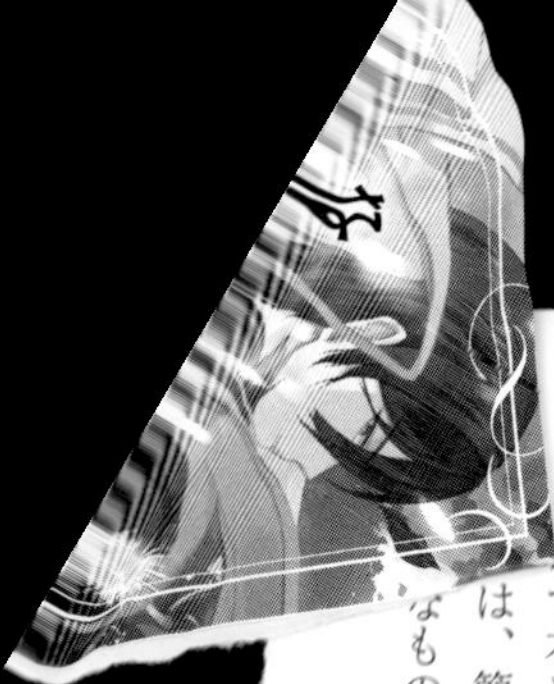

「いや、リリーから離れる選択肢は俺に無い。あんな我が儘な娘だけど、好きなんだ。俺はリリーと一緒にいたい」

俺は決意を込めて、きっぱりと言い切った。

迷いなんて微塵もない。

俺の意志で付いて来た。

そりゃ、リリーと一緒に村で暮らしたかったけど、優先すべきはリリーだから。

「そうか『離れる選択肢は無い』か。キリカはすごいな」

ハートさんは眩しそうに俺を見る。

「全然すごくないよ。一番大切なものを、追いかけて来ただけだしさ」

「その『一番大切なもの』ってのに気が付くのは、誰にでも出来る事じゃないよ」

まるで本当に、俺がすごいみたいに彼は言う。

[illegible]は、簡単だよ。一番失いたくないものが、一[illegible]なものだろ？」

「一番失いたくないもの……」

彼は衝撃を受けたように自分の両手を見つめ、しばらく立ち尽くしていた。

まぁな。当たり前すぎて、忘れがちだもんな。

「確かにリリーはアレだよ？　でもさ、この気持ちはどうにもならない。恋ってそういうもんだろ？」

「そうか、キリカはリリーに恋しているのか」

ハートさんはとても優しい目で俺を見た。

リリーのことを好きだと言って、こんな目で俺を見てくれた人はいなかったな。

みんな反対したし『やめておけ』としか言われなかった。

ガインさんもそうだけど、黒龍の人たちはみんな俺を尊重してくれる。

彼らから学ぶことはとても多い。

この旅で出来るだけ吸収させて貰おう。

俺は決意を胸に、熟したキルエの実をみんなに届けた。

「それどころじゃねぇ。これの買取査定も、とんでもねぇぞ」

ギルド長が「支払いは後日だ」と大蛇をポンポン叩く。

しばらくして私たちは、Ｂの文字が大きく書かれたギルドカードを手渡された。

おおお。Ｂランクだ。

「……やりましたね」

「……やったね」


色々疲れ切った私たちは、呆然としながら家に帰る。

家に入ると焼いたお肉のいい匂いが……。ダイニングテーブルには大きなお肉の丸焼きや、私の好きなチーズのスープ。テッドさんが好きなキッシュなどが並べられ、おじいさまと師匠がご馳走を用意して迎えてくれた。なぜ知っている。

突っ込む間もなく、ご機嫌な二人に派手にお祝いをして貰った。

「お前たちはもう、一人前だな」「さすがわしの孫だ。テッドもありがとう」

んー！　師匠ってば！

嬉しいけれど、嬉しいのだけれど！　えへへへ。

最後はおじいさま自慢のケーキが出て来て、私はご機嫌でベッドにダイブした。

Ｂランクだって！　早くガインさんたちに知らせたい！

ガイン王都へ帰還

やっと着いた。長い旅路の果てに見えたのは、山の麓に広がる美しい風景だ。

マリーの家族を連れてルバーブ村を出たのは秋なのに、もう冬が終わってしまう。

雪が解け始め、木々の間から新緑の芽が顔を出し、春の訪れを予感させた。

ここは山の麓に一番近いロガリア村。マリーが初めて訪れた町〝フィアーカ〟の隣だ。

「ようこそロガリア村へ。今日からここが、あなたたちの住む村だ。家はこの奥。案内するよ」

領主から話を聞いていた村長が、低い柵で囲まれた村の入り口で歓迎してくれる。

穏やかそうな年配の村長だ。顔色もいい。俺たちは荷馬車を預けて、村長の後をゆっくりと歩く。

村の雰囲気はとても明るく、子供たちは好奇心旺盛にこちらを見つめ、大人たちは笑顔で挨拶してくれた。

「娘たちも馴染めそうだ」

「ああ。フィアーカが近いから、若者も退屈しないだろう」

前で村長とマリーの父親が並んで話している。

村の中は一般的な木造建築が点在し、その周りを小さな菜園が囲んでいた。道は舗装されていないが荷馬車が通れるくらいの幅はある。土の家しかなかったルバーブ村より近代的だ。

「おお。これは広い」「中は綺麗なのね」「へー、すごーい」

村長が、俺たちを4LDKの二階建ての家に案内してくれる。他と同じ木造建築だが、中は新築のように綺麗だった。綺麗なテーブルや椅子、キッチンには調理道具も並んでいる。このまますぐに暮らせるように、家具や生活用品も用意されているようだ。

同じようにキリカの家も、近くに用意されていた。


「農地も貰えるという話でしたよね？」

俺がそう聞くと、村長は大きく頷き村の外へと案内してくれる。

村長は想像よりはるかに広い、柵で囲った土地を指さした。畑にはまだ、何も植えられていない。

「ここ、全部か？」

「そうだ。そこの若い彼の土地は、同じ広さで向こう側だ。土地持ちの爺さんが引退をしてな。領主様が買い取ってくださったんだ」

あっけにとられる父親の問いに、村長は更に向こうの土地を指した。

これは随分と好待遇だな。聖女の家族の恩恵か……。

ここの領主は口が堅いと評判の、エヴァスの父親だ。色々無茶してくれたみたいだな。

「うちの村は実験的な栽培方法だから、やり方は遠慮なく村の者に聞いてくれ。これからよろしくな」

「何から何までありがとう。こちらこそよろしく頼む」

村長はマリーの父親と固い握手をした。

うん。これなら上手くやっていけそうだ。

「世話になった」「ありがとうございます」

両親が俺たちに頭を下げる中、小走りに寄って来たリリーがいきなりハートに抱き付いた。

「またね。ハート」

キリカが慌ててリリーの腕を摑んで、ハートから引き離す。

「ガインさん。本当にありがとう。この恩は忘れない」

「おう、キリカ。新しい生活、頑張れよ」

俺はキリカの頭をゴリゴリと撫でてやった。こいつには頑張って貰わないと。

これで『ステータスを公開した事態の収拾』『移住先までの護衛』『リリーの教育』と、教皇様からの三つの依頼を、なんとか完了させた。

俺たちは荷馬車を馬と交換して貰い、ロガリア村を後にする。

村人たちがわざわざ集まって見送ってくれた。

これから先は、彼ら次第。

疲れ切った俺たちは、山に向かってゆっくりと馬を歩かせている。誰も話さず、聞こえてくるのは風の音色と馬の蹄の響きだけ。時々振り返り、遠ざかる村人たちに手を振った。

「二人とも、よくやってくれた。ご苦労だったな」

俺が笑ってみせると、二人の表情が和らいだ。

それにしてもあまりの疲れに、馬を走らせる気力が出ねぇな。だがハートの方が、疲れたはずだ。リリーの教育を任せたばっかりに、かなりの負担をかけちまった。

俺は大きく息を吐く。同時に息を吐いたフェルネットが、両手を上げて伸びをした。

「うーん。今回は思ったより大変だったねー」

「ああ。でもリリーは読み書きも覚えたし、精神的にも落ち着いた。教皇様からの依頼は達成出来たし、俺も肩の荷が下りた」

満足そうに頷くハートに向かって、フォルネットが親指を立てた。

ハートがあれだけ苦労して、我慢と努力のきっかけを作ってやったんだ。

維持してくれるといいんだが。

「お前たち、本当によくやってくれた」

リリーは性格に難ありだが、キリカがいれば問題ねぇだろう。

両親も問題はあるが悪人ではない。子育てが絶望的に向かねぇだけだ。

まぁ、キリカとは上手くやっているようだし、何とかなるか。

「さてと。マリーとテッドは、ランクを何処まで上げたかな？」

「Dは絶対だね」「Eだったら合宿だ」

早くマリーの顔が見たい。二人の目にも生気が戻る。

「帰るぞ！　最短ルートで山越えだ！」

すっかり春になっちまった。新緑の葉が、暖かな日差しの中で揺れている。門番に馬を預けて王都の門をくぐると、そこは見慣れた街並みだ。石造りの高い建物が立ち並び、表札代わりのカラフルな扉が王都の街を彩っている。我が家に戻ったようで、自然と顔がほころんでしまう。
俺たちは爺さんの家の黄緑色の扉の前で、無意識に三人で目を合わせて息を吸った。

「「「ただいま」」」

「あ、ガインさん！　おかえりなさい!!」「おかえりなさい！」

家に入ると家族のような温もりに包まれる。

マリーとテッドが笑顔で駆け寄り、荷物を預かってくれた。

「無事か？」「疲れたろ、早く座れ」

シドさんと爺さんがソファーに案内してくれる。テッドがお茶を淹れ、マリーが俺たちに疲労回復魔法をかけた。

「ああ、すまないな」「ありがとう」「わるいな」

なんだか夢を見ているみたいで落ち着かない。お茶の香りが部屋中に広がっている。

「あー。いい香りのお茶だね」

「ハートさんの好きな香りですよ」

洗練された動きにこの仕草。俺たちは、そんなマリーを指先まで凝視してしまう。

違和感が凄い。同じ顔のはずなのに、確実に何かが違う。姿勢も仕草も、肌や髪も表情も何もかも。

目の前のマリーは、纏(まと)う空気すらリリーと違う。


「どうしたのですか？　みんなで黙り込んで」

マリーが首を傾(かし)げて「ふふふ」と笑う。

ああ。良い子に育ってくれて、本当に良かった。

「あ、いや。はは」「疲れたなって、ね？　はは」「ああ、ホッとしただけだ」

俺たちはしどろもどろになり、疲れた笑いで誤魔化した。

これじゃまるで挙動不審だな。

「そうだ！　お前たち、ランクは？」

威厳(いげん)、威厳と姿勢を正すと、マリーとテッドが二人で胸を張る。

なんだ、なんだ？　まさかこの短期間に本当にCランクか？

期待で思わず顔がにやける。

「じゃーん。Bランクになりましたー」

「これがギルドカードです」

二人が同時にギルドカードを差し出した。

え？

「「Bランク?!」」

俺たちは、一斉に身を乗り出してシドさんを見る。

「ああ、S級の魔獣を倒したんだ。一気に二ランクアップだ」

「えへへ、そうなのですよ」「はい」

シドさんがうんうんと機嫌よく頷き、爺さんは「すごいだろ」と孫自慢。

マリーとテッドは『パチパチパチ』と小さく拍手しながら喜んでいる。

俺はその様子をただ、遠くの景色を見るかのように眺めていた。

ああ、『帰って来たんだ』と、やっと心が理解する。

ふと見ると、マリーのギルドカードに小さな一角ウサギの角がぶら下がっていた。

そうか、あれがあいつの初魔獣か。細工も細かいし、シドさんのお手製だな。

目を離すとすぐに成長を見逃しちまう。

俺は「予想以上だ」と力いっぱい頭を撫でて、思い切り褒めてやった。

それにしてもS級魔獣をたった二人で討伐とは……。もうしばらく二人だけで組ませるか。


夕食は久しぶりの爺さんの手料理だ。キッチンからは、じっくりと焼いた肉の芳ばしい香りが漂ってくる。テーブルには、俺の好きな香草のスープやふわふわで温かいパンが並んだ。マリーがいつものように笑っている。食事が終わると、風呂にもゆっくり浸かった。

リビングに戻るとマリーが嬉しそうに、テッドに習ったお茶だと言って渡してくれる。

『師匠から、まだ合格点が貰えないのです』と笑っていたが、とても美味しかった。

やっぱりこの家は居心地がいい。


「気持ちに迷いがなくなった」

ぼんやり窓の外を眺めていると、ハートが手に持っていた本をテーブルに置いてそう言った。

「そうか。良かったな」

俺の答えを聞いているのかいないのか、ハートが優しい目でマリーを見ていた。

何のことか分からんが、ハートがそう言うならそうなんだろう。

第四章　聖女編

聖女派遣

あれから数か月。夏も終わり、私の十六歳の誕生日が過ぎたある日の夜。遅くにガインさんは、冒険者ギルドに呼び出された。風が街路樹を揺らし、月は薄い雲に覆われている。家の中は静寂に包まれ、時折、窓の軋む音が聞こえていた。

「待たせたな。指名依頼の話だった。聖女派遣だ」

ガインさんは、リビングに入って来るなりそう言った。

何事かと思ったけれど、聖女派遣？　おじいさまが「今からか？」と出窓の外に視線を送る。つられて見ると、外に馬車を待たせていた。

「ああ、緊急だ」

私たちは、息を呑んでガインさんの言葉に耳を傾ける。

「町に大型魔獣が出現した。俺は現地の神官と連携し、住民たちの指示に回る。フェルネットとテッドは俺に付け。ハートはマリーの警護」

「私がマリーの警護じゃダメですか？」

突然、横にいたテッドさんが声を上げた。

ガインさんは、思案するように顎に手を当てる。

「うーん。そうだな……。お前たちは普段、二人で行動することも多いのか。よし。勉強も兼ねてハートの指揮下に入れ」

「ありがとうございます！」

テッドさんが鼻歌でも歌いそうなくらい嬉しそう。こんなテッドさんは初めて見た。

「よろしく。マリー」

「こちらこそ」


「大型魔獣の方はどうなったの？」

正面にいたフェルネットさんが手を挙げた。

「既に、現地の冒険者が討伐済みだ。途中の湖は面倒だが迂回する。現地入りは三日後の予定だ。強行で行くからそのつもりで」

フェルネットさんの隣で、ハートさんが私を見る。

「マリーは馬車ごと結界を張ってくれ。魔獣と遭遇しても討伐はしない。障害物は振り払い、とにかく先に進むんだ」

それを聞いて大きく頷いたガインさんが、大きな声で「以上！」と言った。

派遣場所は、山とは反対方向の大きな町らしい。日本地図で言うと王都が東京として、仙台あたりかな。途中にある、お魚の豊富な大きな湖を迂回するので時間がかかる。

部屋に入ると聖女の服や、ヘアメイクセットをカバンに詰めて、空間魔法に放り込んだ。

聖女の見た目も現地の混乱を鎮めるのに、とても効果的なんだって。


「マリー、忘れ物はないか？　ここを出たら、荷物を受けとりに教会へ向かう」

「はい、ガインさん。荷物の方は任せてください。空間魔法に入れますよ」

「あ！」

ガインさんが大きくのけ反って額(ひたい)に手を当てる。

「しまった。マリーは空間魔法が使えるってこと、すっかり忘れてたわ」

「ふふふ。ガインさんも人間ですもの。ミスくらいありますよ」

ガインさんが赤い目を細めて私の頭をゴリゴリ撫でた。

丁度そこに、フェルネットさんがリビングのドアを開けて入ってくる。

「こっちはもう、準備出来てるよ！」

「よーし、出発だ！　急ぐぞ！」

静まり返った夜更けの道に、急ぐ馬車の車輪の音が響き渡った。

いやいや、いやいや。たった三日なのに、なにその大量の荷物。

煌々と明かりの灯る教会の正門前広場には、回復薬や食料、日用品などが山積みにされている。

「現地に届ける救援物資が必要だろ？」

心の内を見られたように、ガインさんにデコピンされた。そりゃあそうよね。

「でも確か、荷馬車を四台、手配したはず……」

「ふふん。僕がキャンセルしておいたよ」

フェルネットさんが大きな黒い瞳をキラキラさせて、周囲を見回すガインさんを見る。

「さすがフェルネットだ。抜け目がねぇ」

ガインさんが、少しだけ背の伸びたフェルネットさんの頭をゴリゴリした。

聖女の派遣って災害救助みたいなものなのね。回復をするだけだと思っていた。

従来の聖女が聖騎士や白神官を大勢連れていたのは、人手を貸すからなのか。それを『ギルドに依頼しろ』とは、浅はかだったのかも。今更言っても仕方がない。必要なら次から別途手配すればいい。今回は、私のやり方で頑張ろう。

フェルネットさんの指示の下、神官たちはテッドさんと一緒に私の空間魔法に荷物を放り込みだした。荷物は光に包まれて闇の中にどんどん消えていく。魔力消費が半端ないけど、昔ほどつらくはない。ガインさんとハートさんは奥で神官たちと、情報のやり取りをしている。

東の空が明るくなりかけた頃、フェルネットさんが手綱を握り、私たちは教会を後にした。

「寒くないか」

隣に座るハートさんが私に毛布を掛けてくれる。

「ありがとうございます。私、こんなに豪華な馬車での旅は、初めてです」

「フフ。マリーは荷馬車の後ろで、足をぶらぶらさせて座っていたもんな」

ハートさんは昔を思い出すように微笑みながら、窓の外を流れる景色に目をやった。

その言葉に、テッドさんが顔を上げる。

「当時はどんな子供だったのですか」

テッドさん、何かある度、私の黒歴史を探ろうとするのはやめて。

特にハートさんは、色々ヤバいのを知っている。

「五歳児のくせに『私、れっきとしたレディーなの』ってませたガキだった」

乙女心の分からないガインさんが「わはは」と豪快に笑う。

くぅ！　こんな所に伏兵（ふくへい）が！

「不安になると、手をぎゅっとする癖があったな」

ハートさん。それ、リアルに恥ずかしいのですけれど？

「ハートの隙をついて攻撃しては返り討ちに遭ったり、集中すると周りが見えなくなったり」

ガインさんの言葉にハートさんが「そうそう」と笑う。うふふ。

そんなこともあったなぁ。あの一年は濃くて長い、私の人生の宝物。

「なんだかんだで、いつも一生懸命な子供だった」

ガインさんの赤い瞳には、そう映っていたのだろうか。

当時は心細さを振り切るように、無我夢中で生きていたから……。

「マリーは今と、あまり変わらなかったのですね」

テッドさん？　それは、どの話を聞いての感想かしら？

「そうか。テッドもマリーの洗礼を受けたか」

ガインさんがテッドさんの頭をゴリゴリと撫でていた。ガインさんが嬉しい時の癖だ。

じゃなくて、洗礼って何？


辺りはすっかり暗くなり、フェルネットさんは野営が出来そうな開けた場所に馬車を停めた。

今がどの辺なのかも分からない。遠くから、夜行性の生き物たちの不気味な声が聞こえてくる。

私は馬に疲労回復の魔法をかけた。

少し怯えていた二頭の馬が、心地よさそうに目を瞑る。

ガインさんは労わるように馬を撫でた。

「助かる、マリー。悪いが、野営の準備も頼むな」

いつものように結界を張り、いつものようにお風呂や個室を作る。

ガインさんたちとの野営は久しぶり。

昔のように料理は男性陣の担当で、私は先にお風呂を頂いた。

「洗濯物は一か所に纏めてくださいねー」

「そうだった。マリーがいると、洗濯して貰えることを忘れていたよ」

嬉しそうにお玉を振って、フェルネットさんが笑っている。

「手伝います」と私も配膳に参加した。

「大きくなったな」

ハートさんに言われると、なんだか照れ臭い。

手が届かなかったテーブルも、今じゃ見下ろす位置だ。

「小さな頃のマリーも見たかったな」とテッドさんが隣に来る。

「ははは。手なんかこんなに小さくてさ。ホント可愛かったんだから」

フェルネットさんが『このくらい』と指を広げて見せていた。

静寂に包まれた野営地を、みんなの温かな笑い声が明るく包む。

やっぱりみんな揃うと楽しいな。

「明日は日の出と共に出発する。子供たちは早めに休むように」

ガインさんが優しい声で、昔みたいにそう言った。

朝焼けの眩しい光が、空を柔らかなオレンジ色に染め上げている。思わず馬車の窓を開け、冷たい空気を胸いっぱいに吸い込んだ。窓の外は一面に、金色に輝く穀物畑が広がっている。穂先が波のようにうねり、土の香りが心地いい。落ち葉が馬車の車輪に踏まれてカサカサと音を立てている。
視界を邪魔する建物は一つもない。

秋だなぁ。こんなに素敵な景色は初めて見た。外国映画みたい。

「この田園を抜け、森を二つ抜けたらすぐに現地だ」

背を向けた後ろから、ハートさんが毛布で包んでくれた。「冷やすなよ」と身を乗り出した私を中に入れて窓を閉める。

「ここは平和そうなのに、森を抜けたら、と思うと怖いですね」

現地の被害を想像すると、不安で落ち着かない。テッドさんも緊張で顔がこわばっている。

教会で渡された、国と領主さんからの報告書を確認した。どちらも『情報が錯綜(さくそう)し現場が混乱している』とだけ。第一報なんてこんなものだと資料室で知ってたけれど、実際に手にすると心許(こころもと)ない。

「マリー。落ち着いてよく聞け」

正面に座るガインさんが、真剣な顔で私の手を取る。

「何を見ても動じるな。聖女が不安な顔をすれば、パニックが起きる」

確かにお医者さんの『しまった』って声ほど怖いものはない。

「はい」

「絶対に治ると自分に言い聞かせ、治療だけに専念しろ」

「はい」

「何が起きても自分を信じろ。いいな?」

「はい」

私はコクコクと頷いた。

ガインさんの言うことだ。何が何でも絶対に守る。

この後、森で一泊し、午前中には着く予定。帰るまで、完璧な聖女を演じ切らねば。

立ち昇る黒い煙が、走る馬車の窓からいくつも見えて来た。

近付くにつれ、徐々に被害の大きさが鮮明になっていく。

外壁門の一部は倒壊し、鎮火したばかりの家からは、黒い煙が立ち昇っていた。

焦げた臭いが鼻を突き、灰で視界が曇る中、馬車は静かに外壁門に到着する。

「教会からです。聖女を連れて来ました」

前で手綱を握るフェルネットさんの声が聞こえた。

「聖女様が来たぞー！」「「「うぉぉぉぉ!!」」」

突然、彼らの低い声が、地鳴りのように空気を揺らす。周囲の期待に押し潰されそう。

「気合を入れろ。俺たちが付いている」

無意識に手をぎゅっと握りしめると、ハートさんに軽く背中を叩かれた。

さぁ、ここからが本番だ。

「俺たちは、ここで現場の指揮を執(と)る。気を抜くなよ」

馬車を降りたガインさんは、フェルネットさんを連れて走って行く。

テッドさんが代わりに手綱を握り、私たちはそのまま大通りを抜けて教会へと向かった。正門前広場で現地の神官たちと合流し、大急ぎで救援物資を引き渡す。

「聖女様。こちらへ」

「はい」

私は神官たちの後に付いて足早に進む。振り返ると、ハートさんとテッドさんがいてくれた。

「町にあった回復薬は、すべて使い切りました。聖女様のお早い到着に感謝します」

まだ若い女性白神官さんは、疲れ切った顔で微笑んだ。彼女の白い衣は血と泥で汚れている。

「大変でしたね。もう大丈夫です」

いつから寝ていないのだろう。だからと言って安易に休めとは言い辛い。

「私たちで、治療の順番を決めてあります」

トリアージ……。傷病の緊急度や重症度に応じて優先度を決めること。命の選別だ。

「ありがとうございます。一番大変な作業を……」

王都の教会と違い敷地はあまり広くなく、すぐに大きなお御堂に着いた。


中に入ると空気が変わる。咽るような腐敗臭と血の臭い。痛みで呻く怪我人と走り回る神官たち。いくつかのエリアが衝立で仕切られ、仮設ベッドがずらりと並んでいる。壁際で治療の順番を待つ人々が、祈りを捧げるために膝を突いていた。荘厳なステンドグラスから差し込む光も、今はただの照明と化している。

こんな……。想像していた野戦病院より、ずっとリアルで凄惨だ。


「聖女様。こちらからお願いします」

初めに一番奥の、救命困難（トリアージなら黒）エリアに案内された。目に飛び込む血に染まったシーツの山、断ち切られた肢体、そこには意識もない瀕死の人たちが横たわっている。既に絶命し、腐敗している人もいた。

「うっ」と、思わず口に手を当てそうになる。

怯むな、私。間に合わなかったことを悔いてる暇はない。

無心で回復魔法をかけて回る。救いは全員意識がないことだけだ。

一人でも多く、早く、早く。


「聖女様？　魔力の方は大丈夫ですか？」

彼女たちは、心配そうに私の顔を覗き込む。

回復薬で急に魔力量を変化させると、一気に体力を奪われてしまう。

なるべくなら、使わずに済ませたい。

「大丈夫です。お気遣いありがとうございます」

丁寧に頭を下げ、神官さんたちの心遣いに感謝した。

ここが終わると次のエリアの重傷者（トリアージなら赤）。

意識がある中での回復魔法の重ね掛けだ。回復途中のあの絶叫をどうにかしたい。

患者の体力に合わせ、慎重に眠りの魔法を薄く重ねる。加減が非常に難しい……。

永久に眠らせるわけにもいかないし。


「早くして！」「うちの子を先に！」「助けてくれ！」「この子を死なせる気か！」

トリアージ担当の神官たちに向ける、悲痛な叫びが耳に焼き付く。

早く、早く。早く治療をしなくては。

視界の端に、私が届けた回復薬を両手に抱え、白や黒の神官たちが配って回る姿が見えた。

みんな自分に出来ることを一生懸命にやっている。

私も頑張らなくてはいけない。

急げ、急げ。急がなきゃ！


「落ち着け。マリー」

その低い声に『ハッ』とする。

いつの間にかハートさんに体を支えられていた。

急激な魔力量の変化に、ぐらついたのだ。焦って、焦って。ふと見ると、両手が震えていた。

ハートさんは私の背中をポンポンと優しく叩き「大丈夫だ」と落ち着かせてくれる。

てへ。焦りすぎちゃった。

「目を閉じて、深呼吸」

言われた通りに目を閉じて、大きく深呼吸をする。

すると不思議なことに、周りの音がクリアになった。

「あは、やっちゃいました。気を付けていたのに」

「後ろはテッドが守ってる。俺もいる。だから焦らなくていい」

恥ずかしいな。幼い黒神官たちも、ちゃんと頑張っているのに。

後ろに目をやると、テッドさんがニッコリ笑って親指を立てた。

ふぅ。焦るな、焦るな。まだ、まだ魔力は残っている。『よし！』と、心で気合を入れなおす。

大丈夫。

しゃんと背筋を伸ばして笑顔を作り、端から回復魔法をかけて回った。


「休憩するか？」

ハートさんに小声で聞かれる。気が付くと、お御堂内の患者の回復が終わっていた。

既にお外は真っ暗で、天井に吊るされたランプの炎が不安定に揺れている。

ダメ。苦しんでいる人を待たせて、休憩なんて出来ないよ。

私はゆっくり首を振り、精一杯の笑顔を見せた。

「分かった。支えてやるから心配はいらない」

力強く頷(うなず)くハートさんが、ふらつく私を支えてくれる。

大丈夫。信じています。

「聖女様。次は外のテントに、応急措置済の……」

「待て！　テッド！」

飛び出しかけたテッドさんに、ハートさんの低い声が飛ぶ。

そして「振り向くな」と私の耳元で小さく言った。

突如として私の周りは緊張感に包まれる。


「人殺しー！　なんでもっと早く来てくれなかったんだよ！」

私の背中に向かって子供が叫ぶ。声からして十歳くらいだろうか。

バタバタと走って来た子供に、テッドさんが反応したのだ。

殺気が無いから気付けなかった。

「テッド、剣を抜け。気を抜くな。神官、外から援護を呼んで来い」

ハートさんは片手で私を支えたまま、もう片方の手でゆっくりと剣を抜く。

私を案内していた女性白神官は、そっと離れて出て行った。


「放せよー！　何が聖女だぁー！　かあちゃんを返せぇー！」

組み伏せられた子供の悲痛な叫び声が、その場にいる者の心を締め付ける。

「母子二人だって」「今朝亡くなったみたいよ」「うちも間に合わなかったんだ」

数人の大人は同じ気持ちなのだろう。小さな声でヒソヒソと、同情する声が聞こえてくる。

このままここに私がいたら、騒ぎが大きくなりそうだ。おそらく二人も分かっている。

「出るぞ。刺激するな。ゆっくりと歩け」

ハートさんの指示に、じりじりと警戒しながら動き出すと、いきなり歩みを止められた。


「落ち着け！　テッド！」

その声と同時に、ハートさんの風魔法の壁に囲まれた。

パン！　パン！　カラン。ゴロゴロゴロ。

え？　何？　足元に、幾つかの石が転がり落ちる。

嘘でしょ。石を投げるなんて。石よりも、ぶつけられた悪意の方がずっと痛い。

こうなると、テッドさんを抑える方が難しくなる。ものすごい殺気だ。

「かあちゃーん！　うわーん」

もうヒソヒソ話す者はいなくなった。静まり返ったお御堂は、子供の泣き声しか聞こえない。

「聖女様に何をしているのですか！　無礼者！　拘束しろ！」

さっきの女性神官が、外にいた男性神官たちを連れて戻って来た。

辺りが急に騒がしくなり、男性神官たちが続々と押し寄せる。

聖騎士を連れて来るべきだった。これは私の判断ミスだ。

ここは異世界だったのに。被災地の混乱を甘く見すぎた。

そんな中、ハートさんは私に一度も子供を見せず、そのまま外へと連れ出した。

「心配するな、俺たちが付いている」

「はい」

信じてる。だから私は俯(うつむ)かない。姿勢を正し、顔を上げ、前だけを見て歩く。

あの子供に同情はするけれど、構ってなどいられない。彼と同じ悲しみを作らないために、出来ることをやるだけだ。

ガインさんが最速で私をここに連れて来た。その意味を私は知っている。

私は魔力の回復薬を一気に飲んだ。


「おお、聖女様。痕も残らずこんなに綺麗に。ありがとうございます。ありがとうございます」

瓦礫(がれき)の下で焼け爛(ただ)れて見つかったお爺さんが、涙を流して私の手を取る。

「聖女様。この方が最後です。すべての治療が終わりました」

「ずっと付き合わせちゃいましたね。ありがとうございました」

疲れ切った笑顔の彼女に、私はニッコリ微笑んだ。

ふと見上げると、遠くの空が白んでる。そうか、夜が明けたんだ。

終わった。ははは。やっと終わったんだ。

一緒に戦った白黒の神官たちが自然と集まり、私を囲んで喜び合う。

私はみんなに向かって疲労回復魔法を盛大に放った。

「「ありがとうございます！　聖女様！」」

「皆さまもお疲れ様です。ちゃんと休んでくださいね」


それでも心は凪いだまま。

「お体に障ります」「もう、おやめください」「お休みになってください」
白神官さんたちが止める中、疲労回復魔法を放って回り、中央広場に歩いて向かう。
大きな紙に何かを書いていたガインさんが、騒ぎに驚き顔を上げた。なぜかフェルネットさんが足元で転がっている。こちらも徹夜で行方不明者の捜索をしていたのだ。
泥だらけの男性神官さんたちが、撤収のために辺りを綺麗に片付けていた。

視界の先で住民たちが道の整備をしていたので、歩きながら土魔法で平らにする。

荷運びが出来るようになったと叫ばれた。


ガインさんが赤い目を丸くして、私に向かって足早で歩いて来る。

私は構わず足を止め、水魔法で燻(くすぶ)る残り火を一気に消した。

ずぶ濡れになったおじさんが、ありがとうと手を振っている。

多くの人が驚いて私を見ているが、もう、そんなのどうでもいい。

隣に来たガインさんも、後ろにいるハートさんも、誰も私を止めない。

徹夜明けでハイになった私は、手あたり次第に魔法を放った。

あっという間に魔力が切れて、ハートさんに倒れ込む。

「限界です」

ハートさんは黙って頷き、馬車の中へと運んでくれる。

そして馬車の扉が閉まると同時に、私を強く抱きしめた。

「もういい。よく頑張った」

ははは。もう無理だ。緊張の糸が切れ、抑えていた気持ちがいっぺんに溢(あふ)れ出す。

ハートさんの力強い腕の中で、声を出してわんわん泣いた。

ガインさんは依頼達成の手続きをして戻って来ると、少し驚いてから呆れて笑う。

「うぅ。ガインさーん。私、言いつけ通り、頑張りましたぁー」

ガインさんの顔を見たら、また涙が止まらなくなった。

解放感や達成感、安心感でぐちゃぐちゃだ。自分でも、何で泣いているのか分からない。

子供みたいで恥ずかしいな。それでも涙は止まらない。私ったら何も変わってないし。

私の聖女デビューは散々だった。

この後は書類の山が待っている。魔獣被害報告書の書き方を知っていて助かった。

私は昔みたいにハートさんにあやされながら、疲れてすぐに寝落ちした。

帰り道　ガイン視点

「マリー。そろそろ野営するから起きてくれ」

俺は、馬車の隅で寝ているマリーを揺すって起こす。

こいつが泣き疲れて寝るなんて、随分と久しぶりだ。前はよく、嬉しいだの、悔しいだの、そう言っては大泣きして寝落ちしていたな。


「す、すみません。あはは。私ったら」

馬車から降ろしてやると、恥ずかしそうに照れて笑う。

良かった、元気そうだ。

「いつものことだろ?」

「あら、ガインさん?　何のことかしら?」

すました顔で首を傾げるいつものマリーに、心配していたみんなが笑う。

ははは。こいつ、無かったことにするつもりか。まったく。

そのままマリーは野営の準備をし、風呂に入って夕食を取る。

注意深く観察したが、いつものマリーだ。ハートを見たら頷いた。よし、大丈夫そうだ。

問題はテッドの方か。


俺は作り笑顔でヘラヘラ笑う、紫の瞳の青年を横目で見る。

さて、どうしたものか。

ハートからの報告じゃ、相当酷い現場だったらしい。

最前線で色々目にし、初めてのことが多くて戸惑ったのだろう。

テッドには過酷な体験をさせちまったな。

こいつは他人の痛みや悪意に触れても動じねぇ。だから過信して現場に入れた。

やっちまったな。

せっかくマリーと行動を共にし、人間らしい感情が芽生えてきたってのに。

いや、だからこそ落ち込んでいるのか。

敵ばかり作るこいつに、大切な物が出来たのは良いことなんだが……。


「少し話せるか？」

「はい」

俺は少し歩いた先の高台へ、テッドを連れて行く。

あぁ、今夜は星が綺麗だ。あいつもよく星を見てたっけ。

テッドは二人になると笑顔を消した。

おそらくマリーに向けた悪意が許せず、納得出来ていねぇんだ。

何が最善だったのか、自問自答をしているんだろう。

殺すことしか頭になかったこいつが、殺さずにいただけでも進歩だが。

こればっかりは、経験を積ませるしかねぇな。


「きつかったか？」

腰を下ろしたテッドは、ひざを抱えて首を振る。

「ガインさんたちはどうでしたか？」

「こっちも酷いもんだった。瓦礫(がれき)の下から人間だった何かを回収したり、生きていても瀕死だったり」

「そういえば、次々と運ばれて来た怪我人は、ガインさんの所からですもんね」

生存者を見つける度に一喜一憂し、感情も一緒に引きずられた。

多くは現地の作業仲間の知り合いで、助け出せずに息絶える者が多かったからだ。

「マリーを信じて送り出したよ」

「マリーは本当に強いですね」

ああ、強い。あいつはどんなに苦しくても、頑張ることをやめないんだ。

『私はちゃんと笑えていましたか？』

そう言って微笑むマリーを、俺は心から尊敬した。

冒険者の俺でも目を背けたくなるような凄惨な現場。我先にと、マリーの治療を望む患者や家族たち。痛みで絶叫する患者を前に「順番を守れ」と叫ぶ神官たちとの争う声。

そんな混乱の中、理不尽な感情をぶつけられ、やりきれねぇ思いだろう。

それでも毅然と回復魔法をかけ続け、最後まで笑顔を絶やさずやり切った。

お前は凄いな。俺の手からどんどん離れて、本当の聖女様になっちまった。

「最後のアレには驚いたな。土魔法で外壁まで直しちまうとは」

「ははは。あそこまで行くと『聖女だから何でも出来る』と、誰もが信じて疑わなかったですよね」

確かにな。まぁ、あのマリーの迫力に誰もが納得させられちまった、ってところかな。

この聖女は特別なんだ、と。

「きつかったか？」

俺は星を見るテッドに、もう一度問いかける。

「あの時、私は何も出来なかった。そんな自分が情けない」

「そんな辛そうな顔をするな。お前はよくやった」

テッドは力なく笑顔を見せる。もう少し時間が必要か。最近の若者は真面目すぎるな。

フェルネットくらい適当でも……。いや、あいつはあいつで適当すぎか。でもやる時はやるからな。今回は素敵酔いしながらも、ぶっ倒れるまで頑張ってくれた。

後であいつも褒めてやらなくては。


「納得いくまで考えろ。いつでも話を聞くからな」

そう言って肩を叩いてやると、やっとテッドが明るい笑顔を見せた。

こいつの心を壊しかねねぇな。ヒヤヒヤする。帰ってシドさんに協力を仰(あお)ぐか。


しかし、今回の聖女への暴言の件はきっちりと苦情を入れなくては。

ハートから報告を受けた時は、戻って殴りに行こうかと思ったわ。

治療に来て怪我人を出すなとフェルネットに笑われたが。

確かにそうだ。マリーが救った命に免じて我慢しよう。

あの後マリーから、聖騎士や神官を手配したいと相談を受けた。

俺もそれには賛成だ。

ただ集団での移動は時間がかかる。それを踏まえても、聖騎士の援護は欲しい。

あの子供がマリーを狙った陽動の一端なら、あの場にいた神官や怪我人を巻き込んでいただろう。

これは完全に俺のミスだ。俺たちの仕事はただの護衛じゃない。聖女の活動のすべてを、守らなければならなかったのに。

しかし、それはそれ。

俺は教皇様から渡された綿毛の魔術具を風に乗せた。

後の祭り　野次馬視点

聖女様が帰った数日後、町の復興はかなり進んだ。いきつけの店が営業を再開したって聞いて、俺は挨拶がてら朝メシを食いに大通りを歩いていた。

『事実じゃねーか！　人殺しの聖女って言って何が悪い‼』

なんだ？

教会の前で三人の若い男が一人の子供を盾に、白神官様たちに向かって怒鳴り散らしている。

「何があったんだ？」

俺は足を止めて、怒りに震える彼らの様子を窺った。

周りには人がどんどん集まり、野次馬たちが増えていく。

「あの子供が聖女様に暴言を吐いたんで、揉めてんだ」

俺の疑問に、最初から見ていたらしい顎髭を生やした隣の男が答えてくれる。

「聖女様に？」

「あの子供の母親を見殺しにしたって。しかもあそこにいる男たちは、聖女様に石を投げたんだ」

今度は別の男が、呆れた顔で答えてくれた。

石を？　おいおい、穏やかじゃねーな。

腕を組んで、周りと一緒に彼らの話に聞き耳を立てる。


『王都から、わずか三日で来てくれたんですよ！』

『それでも間に合わなかったじゃないか！　こいつの母親は朝まで生きてたんだ！』

『そうだ！　そうだ！』


ははは、教会はこんな馬鹿の相手まですんのか。ご苦労なこった。

「馬鹿だよな。聖女様は王都から派遣されるんだ。領主様が国に依頼を出し、国から教会に依頼が行く。手続きも含めてどんなに早くても五日はかかるな、うん」

さっきの男が顎髭を擦りながら、情報通気取りで頷いている。

それを聞いた別の男が声を上げた。

「五日じゃ無理だ。俺は国境近くの町から越して来たが、六年前の洪水被害の時ですら、来るまでに五日かかった。あそこはここの半分の距離だろ？　しかも迂回する湖もないのに」

「ああ、確かに暴風雨の中で森を抜けるなら、湖がなくてもそのくらいはかかる」

「だろ？」と洪水被害の男が顎髭の男に向かってしたり顔だ。

ここから王都に向かうなら、魔獣を避けて森や湖を迂回して、村や町で宿泊しながら……。

どんなに急いでも、やっぱり五日はかかるな。三日はキツイ。馬に揺られるだけでも体力の消耗は半端ない。俺は馬車に酔うから二時間毎に休憩が必要だし。


「あの洪水は知ってるよ。聖女様のために祭りが開かれたんだ」

突然、後ろの女性が話に加わった。

「「祭り？」」

更に周りの奴らが、話に交ざる。

「そうだよ。一週間くらい近隣の村に滞在してくれてね。その間はずっと祭りだったのよ。毎日一時間くらい現地に入って、回復魔法をかけてたのよね」

「そうそう。あの時は助かったよ。聖女様はご高齢の身で回復薬が飲めない。それなのに、毎日魔力の限界まで回復魔法をかけてくれたんだ」


「毎日一時間ってどういうことだよ」

別の男が一時間は少ないとばかりに言うが、俺もそう思った。

聖女なんだから丸一日、というか、徹夜で回復してくれるんじゃないのか？

「馬鹿だね。あんたは魔法を連続でどのくらい、使えんのよ」

「俺は……少ないから……」

「あんたにとって一時間という数字は少ないのか？」

しどろもどろの男が口を尖らす。

俺は魔力量が多いから、十分くらいならいけると思う。さすがに一時間は、魔力回復薬を飲んでも無理だな。あれは一日二回飲んだら限界だ。

「だって俺は聖女様じゃないし」

「何言ってんだい。聖女様だって人間だよ」

確かにそうだけど、じゃあ、昨日の聖女様はなんだったんだ。

俺と同じ疑問を周りが次々と口にした。


「俺、パレード行ったけど、あの聖女様は特別だって聞いたよ。すごい魔力量なんだって」

そう言えば、火を消して、道を直して、瓦礫（がれき）を撤去し、外壁を修復したって聞いたな。

誰かが『女神に愛された聖女』って言ってたし。

話半分で聞いていたが、それに近いことをしたのかも。

「じゃあ、あいつらは、それだけ頑張ってくれた聖女様に対して、石を投げて人殺し呼ばわりしたってのか？」

「それだけじゃねーよ。助けて貰ったのにもてなしもせず、礼すら言わずに帰らせたんだぞ。町全体の責任だ」

辺りのざわめきが大きくなる。

おいおい、あの馬鹿たちだけの問題じゃなくなってきたぞ。


「お前ら揃(そろ)いも揃って馬鹿ばっかりか!! 聖女様に石を投げたんだろ?! その場で首を切られて当然だ! もてなす以前の問題だ! それなのになんであいつらを釈放したのか、その意味を考えろ! 瀕死だった俺の火傷を徹夜でこんなに綺麗に治してくれた、あの聖女様の気持ちも!」

それまで黙って話を聞いていた高齢の男が、突然、涙を流しながら叫んだ。

そうだ。すべては聖女様のお慈悲だ。

でも教会が、これで終わりにしてくれることは……、ないな……。

「どうするんだよ! 町ごと制裁を受ける可能性もあるぞ!」

「二度と聖女様が訪れなくなったら町は終わる」

次に大きな災害が起きたら……。

俺も足をやられたけど、いつの間にか眠ってて、気が付いたら治ってた。

絶叫するほどの痛みを覚悟してたのに……。

「あいつらを町から追放して許しを請おう！　俺は聖女様に助けられたんだ！」

俺は必死で周りを説得して回った。

「それだけじゃ足りないわ。もう一度来ていただいてお祭りを開きましょうよ」

「いや、代表者が王都に謝りに行くべきだ」

パニックになった俺たちの頭上を綿毛の手紙が、ふわふわと風に乗って静かに通り過ぎて行く。

それに気付いた者が順々に、空を見上げていった。

なんだろう……。

白神官様が手紙を受け取り、黙読する。

俺たちは、息を殺してじっと見つめた。

「『今後お前たちの町に、聖女が訪れることはない』と、教皇様からお叱りの手紙が！」

手紙を手にした白神官様が大きな声で叫んだ後、頭を抱えて崩れ落ちた。

いったいこの町はどうなるんだ……。

他の冒険者と合同の旅

秋に行った災害派遣の事後処理も終わり、テッドさんと二人で久々に、冒険者ギルドに足を運んだ。季節はすっかり冬。暖冬なのか、例年よりは暖かい。


「B級になって初だね」

「夜会や教会の仕事が立て込んで、それどころじゃなかったですからね」

私は白い厚手のマントに身を包んだまま、掲示板を見上げる。もう端っこのFランクじゃない。

「ははは。まったくだ。さて今日は、どんな依頼を受けようか」

うーん。まいったな。どの依頼も難易度が高い。

B級になると白神官くらいの年収が稼げるようになるし、仕方ないか。

「ランクが上がると金額は跳ね上がりますが、長期の依頼も多くなるのですね……」

そういえば私、貯金とか全く把握(はあく)してなかったな。教会からは現物支給されるし、あの大蛇のストーンヘッドさんが高額すぎた。今は全て、回復薬の研究費につぎ込んでいる。いつかガインさんたちに、何かの形で恩返しをしたいな。

「これは短期だけど、荷馬車五台分の高額積み荷の警備か……。二人組の私たちじゃ難しいね」

テッドさんが紺色のマントの中で腕を組む。

高額積み荷……。中身はなんだろう。

でも五台はちょっとね。高額積み荷ってだけでもドキドキしちゃうし。


「だったらマリー、私たちと組まない？」

二人で掲示板を睨んでいると、背後から女性の声がした。

振り返るとデイジーの髪飾りが目に留まる。C級冒険者『フラワークラウン』のタリー姉さんだ。

そう、あの色っぽい、ハートさんの元カノ！　いや、いや、それはハートさんが否定した。

見た目と違って料理上手の姉さんだ。


「知り合い？」

こそっと、テッドさんが少し屈んで囁(ささや)いた。

私も、それに合わせて声を潜(ひそ)める。

「はい。よく、ハートさんにお弁当を……」

「なるほどね。ハートさんのファンか」

んー、ファンとは少し違う気も……。誤解を解くにも真相を知らないし……。

まぁいいか。

「実力は知りませんが、評判は良いですよ。優しいし、性格も良いし、明るいし」

「では組んでみる？」


彼女は「断る理由はないでしょ？」とテッドさんと腕を組む。

もう、姉さんったら。

ぷぷ。あのテッドさんが彼女の色気に面食らってる。

思わず吹き出すとテッドさんに、紫色の冷たい視線を向けられた。やばい。ごめんなさい。

そういえば、当時のハートさんは一切動じてなかったな。さすが、鉄の心臓。


「そうそう。後ろの二人は初めてよね。紹介するわ」

姉さんはテッドさんから離れると、少し小柄な若い男性たちの間に立つ。

「私はタリーよ。私だけCランクね。この子たちはDランク。ほら、あんたたちも」

そう言って、両手で彼らの背中を思いっきり叩いた。

「お、俺はギース」「ベナンっす。ははは」

Dランク、なるほど。だから上位ランクと組んで稼がせてあげてるのか。姉さんは昔から、ガサツだけど面倒見は良いもんね。


「テッドです」「マリーです」

みんなで握手し、私たちはさっきの積み荷の警備依頼を受けることになった。

「ちょうど五台の幌(ほろ)付き荷馬車だし、一人一台の警備でどう?」

ここは経験豊富な彼女が仕切ってくれる。

なぜかテッドさんが、私の警護から外れることをとても嫌がりゴネていた。


道中は平和で、見かけた魔獣もウサギのみ。遠くで跳ねていて可愛かった。幌からは、見渡す限りの田園風景。退屈で眠くなる。

行先は、復興支援に行ったあの町の方向にある、湖の手前の町。積み荷に壊れ物が含まれているため、慎重に進む。森を迂回し村に宿泊するので、片道三日くらいの予定だ。

私たちは日が落ちかけた夕方に、外壁門も柵も無い、とても長閑(のどか)な小さな村に着いた。

荷馬車の外から、姉さんと商人さんの会話が聞こえてくる。

「では、積み荷の夜間警備をお願いしますね」

「はい。お任せください」

夜間警備……。

テッドさんが手を添えて、荷馬車からそっと私を降ろしてくれた。

「ありがとうございます」

「この後は私に任せて。マリーにはきちんと休んで欲しい」

……。いつも通りの紳士だけど、今日はやけに過保護だ。

そこに姉さんが、ニコニコ顔で歩いて来る。

「さぁ、あんたたち。交代で見張りよ。マリーと私は最初ね。次にあんたたち二人。最後にテッド。あんたなら一人で平気でしょ？」

おお、テキパキとガインさんみたい。かっこいい。今回、テッドさんはゴネなかった。

屋根付きの荷馬車置き場の建物の前で、姉さんと二人きり。

私はいい、限界まで薄く結界を張る。これの加減が結構難しい。

フェルネットさんから『結界を薄く張ると人間の魔力が感知出来るよ』と、ここに来る前に教わった。自分と同じ人間の魔力だから跳ね返すことは出来ないけれど、結界が少し揺れるのだ。

姉さんが扉の前で『こっちに座ろう』と、手招きしながら石段に座る。

「ハートは元気？　最近、青緑の石を探してるって聞いたわ」

「はい、元気です。やっぱり、付き合っていたのですか？」

「やーねー。付き合ってないわよー」

座りながらそう言うと、彼女は照れたように片手をパタパタさせた。

「いや……、よく一緒にいたからてっきり……」

プライベートなことだし干渉しないようにしていたけれど、あの当時、二人だけで話している所を何度も見た。

「時々、女の子の育て方をアドバイスしていたの。それに、あんたの件もあったから」

「私の件？」

彼女は私の髪を優しく触り「このことは絶対に秘密よ」と微笑んだ。

「あんたを引き取って、育てようとね。教会から出してやりたくて」

「姉さんが、私を？」

どういうこと？

「私だけじゃないわよ。マリーを教会から出そうって、何度もみんなでハートに詰め寄ったわ」

ハートさんが『冷たい』って言われていたのは、もしかして……。

「姉さんどうしよう。私、何も知らずに甘えていました」

「いいの、いいの、気にしなくて。誤解も解けたんだし。家族なんでしょ?」

ハートさんにとっての家族は、もっと特別な意味を持つのに……。

「ほら、そんな暗い顔をしない。ハートが望んだことなのよ」

彼女は私を引き寄せて、ぎゅーっと抱きしめてくれた。あったかいな。

夜が深まり静寂が広がる中、私たちは二人で一緒に毛布に包(くる)まり、欠けた月を眺めていた。

不意に、不自然な動きの五つの魔力が結界を揺らす。これって……。急いで私は立ち上がる。

「マリー?」

「姉さん。後方から三人、前方から二人、小屋に近付いて来ます。念のため、私は後ろに回るので、前方二人の確認をお願いします」

そう静かに告げて、足音を忍ばせ後ろに回った。

黒いマントを着た男が三人、小屋の板を剝(は)がしている。

「ぐわっ」「ぎゃぁ」「うわぁ」

そっと彼らの利き腕と足を、水の玉で撃ち抜いた。

おお、意外にチョロい。痛みで転がっている盗賊は放置でいいか。

「向こうは平気かな……」

表に回ると姉さんが、火炎放射器のように火魔法を暴走させていた。眩しいくらいに明るくて熱い。小屋の屋根も燃えている。二人の盗賊は驚いて、口を開けたまま後ずさりをしていた。

ははは。姉さんったら魔法まで荒っぽい。積み荷が燃えたら大変だ。

慌てて屋根を消火して振り返る。姉さんは、盗賊一人と剣を交えて戦っていた。


もう一人はどこ……。

結界に集中して、人間特有の微妙な揺らぎを必死に探す。

「あ！　まずい！」

脇に回るとテッドさんが、盗賊を殴って気絶させていた。

あのテッドさんが、殺していない！　良かった！

「どうした？　マリー」

「いえ、魔力反応が二人だったので……」

『焦りました』とは、言えないけれど。

「ははは。私がマリーの警護を、外れるわけがないじゃないか」

やけに陽気なテッドさんは、殺さず捕らえたことが嬉しそうだ。

心境の変化でもあったのだろうか。今日はずっと、何かおかしい。


「寝てくださいよ」

「努力するよ。それよりマリーはここにいて。小屋の後ろの三人を捕縛して連れて来る」

そう言って彼は、盗賊から乱暴に手を放して裏に向かう。

腰を下ろして男の手を縛っていると、姉さんが心配そうに小屋の脇まで来てくれた。

「マリー、平気?」

「はい。姉さんの方は大丈夫ですか?」

「私は平気。表で一人捕縛したわ」

「裏の方は、テッドさんが今から連れて来ます」

姉さんは私が縛った男の目を覚ますため、容赦なくひっぱたく。顔に似合わず男前だ。


「テッド！　来てくれたのね！　助かったわ。それよりあんた何者?!」

私は姉さんの後ろからテッドさんに、消火した屋根を指さしてジェスチャーで伝える。それを見て、彼は何とか察してくれた。

「あ、ああ。たまたま音に気が付いて。小屋に火が?　消火した?　この盗賊も?　私が」

ははは。なんて苦しい言い訳。通じて良かったけど、ごめんテッドさん。

役場の人が簡易牢に入れるため、盗賊五人を連れて行った。


「おはようございます、テッドさん」

私は明け方に、見張りをしているテッドさんの様子を見に来た。彼はおそらく一睡もしていない。

「まだ早いよ？」

「少しだけでも寝てください。倒れられたら困ります」

テッドさんはニコリと笑うと「水を浴びてくる」と走って行った。

大丈夫なのかな。私はその場に腰を下ろす。

「あら、テッドに持ってきたのに」

顔を上げると姉さんが、サンドイッチを持って立っていた。

「ふふふ。目を覚ますために、水を浴びに行きました」

私の目はサンドイッチにくぎ付けだ。

「あはは。真面目ね。それにしてもテッドって何者よ？　あそこまで正確に魔法が使えるなんて、

S級レベルじゃない」

姉さんは私にサンドイッチを渡しながら豪快に笑う。

「そうなのですか？　まぁ、師匠がシドさんですからね」

「ああ、なるほどね。シドさんか。それなら納得」

私たちはサンドイッチを食べながら、出発時間が来るのを待った。

ぱくぱく。もぐもぐ。

やっぱり姉さんが作るとなんでも美味しいな。今度教えて貰おう。

「君たち、よくやってくれた。積み荷が希少な物なので、盗られなくて助かったよ」

「外壁も柵も無い小さな村では、盗賊に待ち伏せされることがよくあるんですよ」

姉さんが依頼者の商人さんに、昨日の件を報告している。

「君たちに依頼して良かった。ありがとう」

「最後まで安心してください！」

姉さんはそう言うと、隣に並んだテッドさんの背中をドンと叩き、前へと突き出した。

「ま、任せてください」

慌てた彼は、背筋を伸ばして愛想笑い。顔が引きつっている。

ははは。あのテッドさんがすっかり姉さんのペースだ。

旅の準備が終わると、また荷馬車を走らせ一日が始まった。


ふぅ。やっと息が抜ける。息は抜けるけど、荷馬車に揺られて眠くなる。ダメだ……ウトウトする。休憩で荷馬車が止まると、降りて体を動かした。まだ体がギシギシする。

それを見て、テッドさんが何か言いたげにそばに来た。

「マリー、休憩の間だけでも少し寝なよ」

「ははは。テッドさんこそ寝てください。私はウトウトしていたので平気です」

「いや、心配でそれどころじゃない。マリーが寝ないと、私が死にそうだ」

このままだと、本当にテッドさんが倒れそう。仕方なくその場に座って目を閉じる。

気が付くとテッドさんと一緒に、最後尾の荷馬車に乗っていた。


「あ。私、寝ちゃってました。すみません」

「寝るように言ったのは私だよ。マリーはもう少し仮眠して。聖女が過労なんて私が叱られる」

いや、だからといって、本気で寝る私もどうなのかな。

「そういうことなら、二人で休みましょうよ。ここは長閑な田園ですし」

そう言って頭から毛布をかぶせると、テッドさんは抵抗することなく眠りに落ちた。

「ふぁあー」

大きく伸びをしながら荷馬車から降りると、テッドさんも「うーん」と体を伸ばしている。

そこに姉さんが、両手を腰に当てて歩いて来た。

「あんたたち、昼間寝た分、働きなさい」

てへ。バレてた。

昼と夜、姉さんたちと交代し、私たちは夜間を受け持つことに。

「こんなことなら、堂々と寝れば良かったですね」

「ははは。どうせ結界を張るんでしょ？　毛布を持って来たから少し寝よう」

彼は私を毛布で包み、隣で自分も毛布に包まった。

今日は一段と冷え込んでいる。毛布一枚じゃさすがに寒いな。

私は空調結界をこっそりと張った。

結局朝まで襲撃もなく、明け方に交代でお風呂に入って温まる。

やっぱりお風呂に浸かると気持ちいい。

「結界があるから安心して寝ちゃったよ」

お風呂から戻って来ると、テッドさんがサンドイッチを持っていた。

きっと彼は心身共に疲れきっている。普段なら絶対に寝落ちしたりしないはず。

姉さんお手製のサンドイッチは、やっぱり美味しかった。

カタカタと荷馬車に揺られてまったりする。

「こういう旅は良いね」

「そうですね。昔、旅をしていた頃を思い出します。テッドさんはどんな幼少期を？」

なんとなく口に出た。そう言えばテッドさんのことを、何も知らないな。

「んー、好奇心が強かったかな。森で魔獣を捕まえて、解体して回ったよ。祖父から『解体の代わりに』って魔獣図鑑を貰ったな。両親は教育者で、星を見れば星の名前、空を見れば雲の話。そんな平凡な家庭だった」

「……素敵なご両親ですね」

子供が魔獣を殺すのは、この世界では普通だけれど、解体か……。

ま、生まれつき情緒や感覚が人と違っても、悪人に育つわけじゃないし。

ただ、やたらと魔獣に詳しいわけは、判明した。


「私は祖父が大好きでね。祖父は会いに行くと、どんなに忙しくても喜んでくれるんだ。でも仕事中は駄目だって、よく両親に叱られたよ」

「へー。意外にやんちゃだったのですね」

この人は十分愛されて育ったのね。心がとても繊細だけど美しい。人とは少し違うけれど、だからこそ〝善〟であろうと必死なのかな。


「それに『正しく剣を扱えるように』とガインさんを紹介してくれたのも、祖父なんだ」

「いいお祖父様ですね」

「あの頃は捻くれていて、敵ばかり作っていたからね。ガインさんには感謝している。私のことより、マリーは？」

「私ですか？　私は教会育ちで親はS級冒険者の黒龍ですよ。ふふふ。平凡とは無縁です」

「ははは。そうだったね。マリーはガインさんの子だったね……」

テッドさんは急に黙ると、遠くの景色を見つめていた。

昔を思い出しているのかな？

私もガインさんに、人として色々と教わったなぁ。間違いを〝悪〟として叱らずに、きちんと説明してくれた。そして正しい道を示してくれる……。

私たちは、黙って遠くの景色を眺めていた。

無事に積み荷を町に届け、姉さんと二人で冒険者ギルドへ依頼達成報告に向かう。

男性陣は、荷降ろしを手伝っていた。

「初日の襲撃が無ければ楽勝な仕事だったわね」

「そうですね。魔獣もウサギしか出ませんでしたし」

姉さんとギルドの受付付近で話していると、受付のお兄さんに手招きされる。

なんだろうと二人で向かうと、依頼書をペラリとカウンターに置かれた。

「お前たち、王都に帰るんだろ？　帰りも荷物番の依頼を受けないか？」

依頼書を指でトントンしながら、お兄さんは依頼内容を説明してくれる。

王都に帰るだけだし、姉さんの判断に任せることにした。

ギルド案件なら違法な荷物の心配も無いし。

帰りに受けた依頼の見張りは、昼が姉さんたちで夜は私たち。荷馬車にカタカタと揺られ、半分寝たまま遠くを眺める。たまに追いかけてくる魔獣を狙い、荷馬車の上からテッドさんが、水の玉でコントロールの練習をしていた。平和だなぁ。

帰りは一度も襲撃されず、何事もなく王都に着いた。

悩むテッド

マリーはあの日以来、何かが変わった。ずっとそばにいる私には、それが分かる。

人殺しと言われ、石を投げられることなんて、あれから一度もないというのに。

私は悔しくてたまらない。どんなに願っても、身勝手な子供の暴言が、消えることはないからだ。

あの言葉は、私の心を苦しめ続ける。他人のために何かを願うのは初めてだ。勝手が分からず落ち着かない。


夜遅く、コンコンと軽くドアをノックした。静まり返った廊下に音が響く。

「ハートさん。少しお時間を頂けますか？」

彼の自室の前で、遠慮がちに声をかけた。

「入れ」

ゆっくりとドアを開けて部屋に入る。ハートさんは私を見ると、本を閉じて机に置いた。

部屋の中はシンプルで、無駄な物が一切ない。白い壁にグレーのソファー。装飾のない木の机と椅子。棚には本しかない。まるで彼の性格を表しているようだ。

「どうした？」

視線は鋭く、マリーと同じ青緑の瞳が私をまっすぐに見つめている。ソファーに座れと手で指した。水差しからコップに水を入れ、私の前に置いてくれる。時計の針の刻む音が、うるさく感じた。

「マリーの件です。あの日以来、どうも様子がおかしくて……」

私はとても真剣に相談した。それなのに、ハートさんは最後まで静かに話を聞いた後、ほんの少しだけ考えて「放っておけ」と鼻で笑う。それが出来ないから、相談しているのに。

「心配じゃないのですか？　あんなことがあったのに」

あの時の記憶が蘇る。だってずっと専属で警護をしてきて、あの時は指揮も執っていたじゃないか。あの時あなたが私を止めずにいたら……、そう思わずにはいられない。

「心配するな。マリーはそんなに柔(やわ)じゃない」

ハートさんに相談しても無駄だった。

あの人はマリーのことを何も分かっていない。私が彼女を守らなくては。

あの時すぐに子供を殺していれば、あんな言葉を言わせなかった。そうすれば石を投げられることも無かったのではと。何度あの場面を反芻(はんすう)しても、同じ答えしか浮かばない。

他にどうすれば防げたんだ。

もしまた同じことが起きたとしても、命令に背くつもりはない。ただ、自分がハートさんの立場なら、どうしていたか。その答えが見つからないんだ。

シドさんに『分からなければ聞けばいい』と言われたけれど、他に誰に聞けばいいのだろう。


コンコンコン。今度はガインさんの自室のドアをノックした。

「ガインさん。少々お時間を頂けませんか？」

ドアの隙間から私を見たガインさんは、ニッと白い歯を見せる。大きくドアを開けて体を避けると、私をソファーに座らせた。ソファーはとても柔らかく、私の体を包み込む。

壁には珍しい魔獣の素材が、所狭しと飾ってあった。棚には地図や書類が乱雑に押し込まれ、その上に古いコインや石が散らばっている。


「どうした？　悩み事か？」

「ははは。何でもお見通しですね」

まいったな。ガインさんには隠し事が出来ないな。話が早くて良いけれど。

「マリーの元気が無いのです。私に何が出来ますか？」

ソファーに座ったガインさんは、片手を頭に乗せると『うーん』と唸って上を向く。

「時間が解決するまで側にいてやるしか、ないんじゃねぇか？」

「時間が解決するまで……ですか」

今すぐどうにかしたいと思ってしまうのは間違いなのか。

時間か……。私なら恨みは絶対に忘れない。

「どうしても気になるのなら、話を聞いてあげると良い」

「直接聞いても良いのでしょうか？」

私に傷が付いたなら、それに触れられるのはとても嫌だ。

傷を見た者すべて、いや、傷ごと消したくなるだろう。

「無理に言わせることはない。でも、あいつが本音を吐き出せるように、お前がどうにかしてやったらどうだ？」

「本音が吐き出せるように……ですか」

なるほど。さすがガインさん。彼の言葉はいつも心に響く。ガサツに見えて繊細だ。

私はお礼を言って部屋を出た。

だが待てよ。どうにかしてやれって、どうするんだ。

もう一度戻って聞いてみようか？　いや、このくらいは自分で考えよう。

あれからマリーを観察している。どんなに私が過保護にしても、彼女の心は凍ったままだ。時々見せる寂しげな表情、私に向ける作り笑顔。他の冒険者との合同の旅は、少し楽しそうにも見える。嫌がる殺しもやめてみた。別に殺したかったわけじゃない。あくまで効率の問題だ。慣れない自分の話もしてみたけれど、本音が聞けないままだった。

タリーさんたちとの旅の帰り道。荷馬車の中で、私は彼女をそっと見る。少し痩せたな……。羽織った毛布の上からでも分かる。

「寒くない？」

「平気です」

もう一枚毛布を掛けてあげると『ありがとう』と笑顔になる。

もう見てはいられない。

「君の凍ったままの心は、どうしたら溶かせるの？」

「私は凍って見えていたのですか……」

彼女は毛布に顔を埋めた。

人の心は難しい。傷を付けたらどうしよう。怖くて震えそうになる。

「ごめん。変なことを言ったね」

私が静かにそう言うと、彼女は毛布から顔を出した。


「その……。気を遣わせてすみません。ただの自己嫌悪なのですよ」

「自己嫌悪？」

マリーの何を嫌悪することが？

「実はその……。聖女の仕事は感謝されるだけの、楽な仕事だと思っておりまして……。だから教会で聖女が神格化され神のように崇められることを、ちょっと馬鹿にしていたというか……」

彼女は非常に言い難(にく)そうに、そう言った。

別に教会の外では、その認識の者も珍しくはない。マリーは教会育ちだが……。


「でもそれは、実際の聖女の仕事を知らなかったから」

君は悪くないと私は必死に否定する。それなのに、彼女はゆっくりと首を振った。

「教会にいる時にそれを知る機会はいくらでもありました。私は自分の意思でその話題を避け、教会の教義にも耳を塞いだのです」

確かにマリーはあそこで育った割に、教会の教えをよく知らない。教皇の孫の私と比べるのは、少々問題だが。

マリーは毛布をぎゅっと握りしめ、思いつめたように下を向く。

「実際に現場を見て、綺麗事ばかりじゃないと知りました」

「それは私もだよ」

彼女は私を見てふんわりと微笑む。

「ずっと先輩聖女様は、このような現場と対峙(たいじ)していたのに。回復薬の代わり程度に考えていた自分が、恥ずかしいのです」

「そんなことはない」

私は必死に首を振った。

そんなふうに思わないで欲しい。現場に入るのが早すぎて、みんな混乱の渦中にいただけなんだ。

この思いを、どう伝えたらいいのか分からなかった。

「ふふふ。そんなに心配しないでください。単に反省していただけなのですよ」

「もっと早く吐き出して欲しかったよ」

マリーは「ご心配をおかけしました」とクスッと笑う。

「隠しているつもりだったのに、バレバレでしたね」

「次からは相談に乗るよ」

マリーは自分に潔癖すぎる。

それにしても私は、なんて的外れな心配を。

あんな言葉程度じゃマリーは傷付かないし、傷を付けることすら出来やしない。

彼女の心はとても強い、本当に力強い。それがなんとも誇らしかった。


昔、お祖父様の執務室で、翻訳された聖典を見せてもらったことがある。

そこにはこう書いてあった。

『適性は自らが示す。神が作った女神たちは、適性に合わせて眷属を送る』

教会では『適性は自らが示す』という言葉を『適性は遺伝や生まれで決まる』と解釈している。

それは、親と同じ適性が現れることが殆どだからだ。

でもお祖父様の見解は違っていた。

『人の資質から必要性に合わせ、適性が決まるのではないか』と。

要するに人格の土台が形成される三歳までの育ちや性格。それにより、本人に必要とされる適性が現れるのではないかと。

まだ、解明されていないけれど、私もお祖父様の考えが正しく思う。

私が知る限り、マリー以外に聖女は務まらない。

きっとマリー自身の人格の根底が、光の適性を選択したのではないか。

歴代の聖女になった女性は、その仕事をまっとうする心の強さと美しさがあった。

それでは答えにならないのか。

「あいつは困れば頼ってくる。そもそも俺が警護をしているんだ。傷なんて付けるわけがない」

ハートさんは呆れた顔で私を見る。

おっしゃる通りでしたけどね。

「ハートは嬢ちゃんのことを、一番分かっているからな」

「まぁ、まぁ、そう言うなって。マリー本人が吐き出してすっきりしたって言ってんだ。みんなテッドを誉めてやれよ。よくやったぞ、テッド」

マリーから報告を受けたガインさんは、隣に座る私の頭をゴリゴリ撫でた。

「テッドは良い護衛になりそうだね」

フェルネットさんの言葉がとても嬉しかった。私は人を守りたい。

「なぁお前ら、家族会議は家でやれよ」

ギルド長が執務机に肘を突き、両手を顔の前で組んでいる。

「元はと言えば、ギルドからの派遣要請なのに、現場の整理が出来ていなかったギルドのせいだろ」

ははは。勝手にギルド長室に押しかけて、ガインさんは強気だな。

『男だけで出かけるぞ』と言って着いた先がギルド長室っていうのも、どうかとは思うけど。

たまにはマリーをお祖父さんと二人にして、甘えさせてあげたかったんだろう。

ガインさんはそういう気が利くタイプだからな。

「夏が過ぎると災害が増えるから、来年も聖女稼業が忙しくなりそうだな」

「現地の冒険者にも協力を頼んでくれよ」

「二度と同じ目には遭わせねーから心配すんなって」

ギルド長も少しだけ罪悪感があるようで、なんだかんだで部屋から追い出さずにいてくれる。

この人たちはお互いに文句を言い合うのに、とても仲がいい。

その一員としてここにいられることが誇らしい。


「ちょっと待ってくれ」

帰りにあのギルド長が、恥ずかしそうに小さな花束を差し出した。

「その……。お詫びにこれをマリーに渡してくれ」

「え？」

ガインさんが唖然（あぜん）として受け取ると、一瞬、間を空けて笑い出す。

「「「わはははははは！」」」

全員で大笑いをしたよ。だってギルド長が花束だって。

久しぶりにお腹が痛くなるまで笑った。

『心配するな。マリーはそんなに柔じゃない』

あの日の夜、ハートさんは私をしっかり見つめてそう言った。

今なら私もはっきりと、そう言える。

迷惑な訪問者　教皇様視点

今日は朝から窓の外が騒がしく、神官たちもバタバタと走り回っている。

教会の正面入り口の方で、何やらトラブルがあったようじゃ。


「何かあったのか？」

手を止めて、秘書のイサールに尋ねると「調べてきます」と部屋を出ようとした。

「待てイサール。いや、いい。後で報告が来るのを待つ」

イサールが振り返りドアから手を放しかけると、外から白神官がすり抜けるように入って来る。

「教皇様。ご報告が遅れて申し訳ございません。約束も無く聖女様に会いたいと騒ぐ者への対応に手間取り、お騒がせしております」

「聖女に？」

やっと最近、押しかけて来る者が減ったというのに。

はー。またか。

「はい。会うまで帰らないと。あまり騒ぎを大きくするもの如何なものかと思い……。拘束しますか？」

白神官は、ほとほと困り果てた顔じゃ。

ぞんざいに扱って民を刺激したくはないが、限度もあるし……。だからと言って、たいした処罰のない者を地下牢で拘束し、食事を与えて面倒を見てやるのもバカバカしい。

それに今は、お御堂の修復の件で白神官と喧嘩した者たちが、反省のために牢に入っておるはずじゃ。

いざとなったら兵士に渡して国に差し出せばいいか……。

「して、用件は？」

「先日の聖女様の派遣の件で、謝罪に来たと」

聖女派遣の件で謝罪？

「まさかマリーに暴言を吐いた町の？」

「はい。おそらく」

石を投げたあやつらか！　なんて身勝手な。自分たちが許されたいだけではないか。

こちらの都合も考えられぬような者の話など、聞く必要がないわ。

「対応する必要もない。ましてや暴言を吐いた者が聖女に面会など、おこがましいにも程がある」

「では如何いたしましょう？」

「帰らぬのなら、王都から摘まみ出すと伝えよ。第三聖騎士を多めに連れて行け」

「はっ」

白神官が速足で下がって行った。

後ろに立たせるだけでも威圧になるだろう。あやつらは見た目が荒々しいからな。


「いったいあの町の教育はどうなっておるのじゃ……」

「国には町民の教育を徹底するよう、申し入れたのですがね」

モーラス司教がわしの独り言を拾う。

「それでこのざまか」

呆れてものが言えん。

「再度国の方に町民を再教育するよう、私から直接申し入れておきます」

「うむ」

モーラス司教が鬼の形相で部屋を出て行った。

あの件は、モーラス司教も随分と立腹していたからな。普段なら自ら動くことはないのだが……。

ずっとわしと一緒にノーテからの報告を聞き、我が子のようにマリーのことを気にかけていたようじゃったしな。無理もないか。

マリーの初仕事なのに、彼女には申し訳ないことをしてしまったのぉ。ガインは平気だと言っていたが、あのテッドが落ち込んでおったくらいじゃし。

報告書ではマリーの見事な対応で、予想していた死者数を大きく下回り、かなりの命が救われたとあった。それの何処に不満があったというのじゃ。

まったく。

「徹夜で対応した聖女など、前代未聞じゃ……」

最後に水魔法や風魔法などを、公衆の面前で使ったと報告されて肝を冷やしたが。騒ぎにもならなかったようじゃし、女神に愛された特別な聖女だと、噂も流しておいた。

「教皇様。何とか引かせることが出来ました」

先ほど出て行った白神官がホッとした顔で戻って来る。

「それは良かった。さすがに聖騎士まで使って追い出すのは目立つからの」

「はい。第三聖騎士を見たらすぐに下がってくれました」

やはりな。あの強面（こわもて）も偶（たま）には役に立つものじゃ。

「下がってよい」

「はっ」

白神官が下がりかけた時、外から大きな声がした。

慌てた白神官が、窓を開けて辺りを見回す。


——『聖女さまー、人殺しって言ってごめーん』——

——『石投げたこと、悪かったってー』——

——『おーい、会ってくれよー』——

——『わざわざ謝りに来たんだってばー』——


教会に向かって叫ぶ大きな声が、はっきりと聞こえた。

なんて馬鹿なことを……。

絶対に許されることではないが、親が死んだばかりで動揺していたのだろうと。そしてまだ判断がつかぬ子供であったことを考慮し、再教育の処分で釈放してやったのに。

ことを荒立てない方向で慎重に処理をし、あの町の処分の再検討が次の議題だったのだが。

はぁー。まったく、なんてことをしてくれたのだ。

辺りで白黒の神官たちが「人殺し?」「石を投げた?」と騒ぎだした。

彼らにとっては神にも等しい聖女なのに。

彼らが、あの件の加害者だと知れたらパニックが起きる。

出かけたはずのモーラス司教が顔を真っ赤にして戻って来ると、立ったまま手紙を書き始めた。

怒りに震えながら綿毛の先に手紙を付け、窓から飛ばす。

これから急いであの町の処分を協議し直さなければならないな。

それより彼らの処罰が先じゃな……。この忙しい時期になんて迷惑な。


「急いで委員たちを集めてくれ」

「はっ、おおせのままに」

「領主や町長も呼び出さねば……」

イサールが出て行くと、モーラス司教がわしの顔を見て頷(うなず)いた。

ああ、さっきの手紙は領主や町長の呼び出しだったのか。

モーラス司教が暴走しないと良いのじゃが……。

子供の処分

せっかく謝りに来たってのに、教会の門の前で白神官様に追い返されちゃった。

無表情で『約束のない面会は、受け付けていない』だってさ。

ぷっ。なんだよあの顔。可笑しくてゲラゲラ笑っちゃったよ。

後ろにガタイのいい聖騎士をあんなにゾロゾロ引き連れて来なきゃ、隙を見て無理やり入ったのに。

あんなの反則だよ。

で、しかたなく教会の裏に回って謝ってたら、うるさいって聖騎士に捕まっちゃった。

牢屋に入れられたけど慣れたもんだ。フン。どうせ前みたいにすぐに釈放される。

ガシャン！

「おとなしくしていろ！」

乱暴に牢の扉を閉めた聖騎士が、ものすごい目で睨(にら)んでた。

きっとあれは悪徳聖騎士だな。

賄賂がないと拷問されたりするのかも知れない。

「はぁー。せっかく謝りに来たのにさー。結局、聖女様は出て来なかったなー」

俺がため息交じりにそう言うと、一緒に来たおじちゃんたち三人が喧嘩を始めた。

「だから町長から言われたろ！　事前の約束がないとダメなんだって！」

「はぁ？『謝りに来た人を追い返すわけがない』ってお前が言ったんだろ！」

「だから！　教会がクズだったたってことだろ！」


「うるせぇ!!」

ガン！　ガン！　ガン！

あちこちの牢屋から格子を叩く音がして、俺たちは顔を見合わせ竦み上がった。

他にも人がいたのか……。


「おい、聖女様がなんだって？」

隣の牢から大人の男の声がする。

「遠くの町からわざわざ謝りに来たのに、追い返されたんだ」

「上級貴族ですら順番待ちなのに。割り込んで会えるわけがないだろ。馬鹿だな」

割り込みって……。

何言ってんだよ。

「面会じゃなくて謝罪だよ？」

「謝るようなことをしたんだろ？　だったら尚更だ」

男は呆れた声で、吐き捨てるように言った。

急におじちゃんが立ち上がって格子を掴む。

「町に聖女を派遣しないと脅されたんだ！　仕方ないじゃないか！」

「謝りに来いと、言われたのか？」

「言われてないけど、町のみんなが……」

「何言ってんだ。自分たちの都合だけで。ホントに馬鹿だな」

おじちゃんは悔しそうに隣に座った。

確かにそうだけど、馬鹿、馬鹿ってうるさいな。

それならどうすれば良かったんだよ。


コンコン。

向かいの牢の爺さんが、軽く壁をノックする。

「なぁ、何を謝りに来たんだ？」

俺たちはこの爺さんや周りに聞こえるよう大きな声で、あの日のことを少し大げさに説明した。

それなのに……。

「この、馬鹿どもが」

それなのに爺さんが、ため息交じりに首を振る。

また馬鹿って言った。

「三日で来たんだろ？　みんな揃って同じことばっかり！

またそれだよ。十分早いじゃないか」

「でも、かあちゃんは朝までは生きていた！」

俺は悔しくて、拳で力いっぱいに格子を叩く。

「即死の連中の家族はそんなこと言ってないだろ？」

「だって即死じゃ助からないじゃないか」

この爺さんはそんなことも分からないのか？

「同じことだ。あと一日早ければ、あと一時間早ければ、あと一分早ければ、とな」

「でも……」

爺さんは「話にならんな」と鼻で笑った。

「じゃあ、お前の手に治療薬があるとする。町に帰るとその薬が無くて死んだ患者がいた。患者が死んだのはお前のせいか？」

「は？　そんなの知らなかったんだから俺のせいじゃないよ」

爺さんは大きくため息をついた。

何だよ。どういうことだよ。

「聖女様にとっても同じことだろ？　お前の親が死んだことすら知らずに来たのに。どうして聖女様だけが、石を投げられて当然なんだ？」

同じ？

「聖女様はお前の町で何をした？」

何って……。

「朝まで怪我人を治療して、魔力が切れるまで道路とか直して、そのまま黙って帰った……」

自信がなくなり、声がだんだん小さくなっていく。

『朝までとはすごいな！　さすが、俺の聖女様だ！』

『お前のじゃねーぞー。俺たちのだ！』

『『『わははは！』』』

隣の牢の男が声を上げると誰かが突っ込み、周りのみんなが楽しそうに笑っていた。

「聖女様は瞬間移動でも出来るのか？　聖女様の仕事はなんだ？　なんて習った？」

聖女様が何のために災害地に派遣されるのか……。

助けに来るわけじゃない。怪我人を治療するため……と習った。

「でも、母ちゃんは……」

どんどん手が冷たくなっていく。


『逆恨みで石を投げるなんて最低だ。聖女様はどれだけ傷付いたことか』

『治療に来たのに『人殺し』と言われたんだぞ。前代未聞だ』

『抑止のためにも、出来るだけ重い刑になるといい』

『『『そうだ！　そうだ！』』』


俺はあの時の光景を思い出す。

あの護衛は一度も聖女様を振り向かせなかった。

あの護衛は分かっていたんだ。

俺たちは、聖女様の視界に入る価値もないと。

聖女様の記憶に残す、価値すらないと。

「どうしよう……」

牢で騒ぐ人たちの言葉が、俺の頭の中でこだまする。

どんな顔をしていたんだろう。傷付いていたのかな……。

俺、なんて酷いことを言ったんだ……。

「出ろ。処分が決まった」

数日後、俺たちは王都を永久追放になった挙句、戻った町からも追い出された。

なんて馬鹿なことをしたんだ。悔やんでも悔やみきれない。

行く場所も帰る場所も無くした俺たちは、魔獣に怯え、まともに眠ることさえ出来ずに何か月も彷徨った。どこでもいいから安心して眠りたい。

山を越えた辺境の小さな村で、何でもするからと頼み込んだ。

今は奴隷のような生活だが、森にいるよりずっといい。

ステータスには〝聖女冒瀆罪〟と〝王都永久追放〟の履歴が付いた。

大人たちはそのことで、教会や聖女様を恨んでる。
石を投げなかった俺だけは、成人したら犯罪履歴が消えるらしい。
理不尽な怒りの矛先は、大人でも制御出来ないみたいだ。
でも俺は違う。本当に深く反省している。
今更だけど、聖女様、本当にごめんなさい。

師匠の企み

春の訪れを告げるように、冒険者ギルドは人で溢れかえっていた。みんな次々と依頼を決めて出かけて行く。そんな中、私とテッドさんは長い時間、掲示板を見上げていた。

「うーん」

腕を組んで首をひねる。

最近は長期も含めて、Bランクの依頼を色々こなしてきた。

早くみんなに追いつきたいのに、ランクが上がる気が全くしない。


「そろそろランクを上げたいです」

「だったらランクの高い魔獣を狙う?」

それだ！　偶然遭遇したふりをして、S級を狙えば……。

「マリー。悪い顔をしているよ」

誤魔化すように、テッドさんに向かってニッと笑う。

「でも、あの蛇みたいな魔獣は、二度と嫌ですね」

「ははは。Ｓ級はギルドの許可が下りないよ」

確かに攻略法の分からないＳ級魔獣は危険すぎる。分かっていてもアレだもん。

それにあの時は、師匠が絶対にそばにいた。誤魔化していたけど、あの顔はそうに決まっている。

「やっぱり、Ａ級魔獣が妥当ですかね？」

「そう思うよ。さすがに命はかけられない。私たちの実力的にも、その辺かな」

Ａ級……。

「私にとってＡ級と言えば、シルバーウルフなのですよ」

「あれは群れているから厄介だ。マリーが狙うなら、単体のＡ級かな」

Ｓ級があの蛇で、Ａ級がシルバーウルフ。イメージに差がありすぎるのよね。

黒龍の戦いは、シルバーウルフがまるでＣ級だった。あの熊もＳ級という割には、大蛇ほど苦労をしていない。あ、でも、爪に毒があったのか。そう考えると、黒龍ってすごいな。


「よっ。お前さんたち」

掲示板の前で立ち尽くしていると、ポンと後ろから肩を叩かれた。

「師匠！」「シドさん！」

振り返ると、師匠が何やらさっきの私よりも悪い顔をしている。

嫌な予感だ。

「もう予定は決まったのか？」

「いえ、まだですが、方向性は見えているというか……」

私は慎重に返事をした。ここは暈（ぼか）して逃げ道を作っておこう。

「ほう？　方向性とは？」

「A級魔獣を狙おうかと。ちょうど今、マリーと話していたところで」

ちょっ！　テッドさん！　正直に答えたら危険ですって！

師匠の茶色い目が怪しく光る。あぁ……。

「なるほどな。それなら東の森を抜けて、崖の下に行くといい。お前さんたち向けの魔獣がわんさかいるぞ」

わんさか……。嫌な予感しかしない。

「あの師匠？　それってどういう……」

「心配しなさんな。ほれ、これも持って行け」

え？　もう手配済み？

師匠に依頼書を押し付けられ、背中を押されて冒険者ギルドから追い出された。

「怪しいですね……」

「なんの依頼？」

王都の街を歩きながら、手元の依頼書を広げて見る。

「Fランクの……護衛？」

私は顔を上げて、テッドさんを見た。

荷馬車がカタカタと、聞き慣れたリズムを刻んでいる。木々の間を抜ける風が気持ちいい。

私たちは東に向かって森の中をゆっくりと走っていた。手綱を握るテッドさんを間に挟み、依頼人の商人さんと一緒に座っている。もちろん師匠がお膳立てしてくれた依頼のためだ。

私は警戒して結界を強めに張った。絶対に何かある。ここまで至れり尽くせりとは恐ろしい。

「冒険者さん、この森ってB級の、レッドアイタイガーが出たんだよね？」

「ええ、いくつかの目撃情報があったようです。数日前に、どこかの町の討伐隊が向かったみたいですよ」

へぇ。討伐隊が既に……。ということは、師匠の言っていた魔獣ではないのか。

「怖いねぇ。安く受けてくれて助かったよ」

依頼人の商人さんが、人懐っこい笑顔でクシャッと笑う。つられて私も笑顔になった。

「こちらこそ、森を抜けた所までですみません」

「いやいや、怖いのは森の中だけなんだ。帰り道だし、盗られる積み荷も無いからね」

……。師匠ってば、こんなおあつらえ向きの依頼、よく見つけてきたよね。

荷馬車に乗せてくれるなら、タダでも良かったくらいなのに。


不意にトンと、魔力の膜が軽く震えた。結界に何か当たったみたい。

「テッドさん。結界に何か接触しました。念のため退避を」

無言で頷くテッドさんを置いて、私は荷馬車を飛び降りた。そのまま後方へ回ると、そこにいたのは真っ黒な自転車サイズの四足魔獣。赤い目で、夜の闇を具現化したみたい。漆黒の毛皮が周囲の緑と対照的で、見るからに強そうだ。

結界に当たった衝撃からか、魔獣は頭を振りながらふらついている。

この隙に！

私は素早く横に立ち、魔獣の首に手を当てて、力いっぱいに水魔法を放った。

「えっ？　よっわ」

一発であっさりと首が落ち、連続で放った水の刃が虚しそうに空を切る。

周囲の木々がミシミシと音を立てながら、時間差でゆっくりと倒れ込んだ。

「あーあ。やっちゃった……。師匠の真似は難しいな」

辺りを見回しても仲間はいない。群れで行動しないタイプか。

「テッドさーん！　もう安全でーす！」

私が叫ぶと、テッドさんはゆっくりと荷馬車をUターンさせて戻って来た。


馬を木に繋いだテッドさんは、難しい顔で歩いて来る。

「……レッドアイタイガーだ」

「え？　じゃあ、討伐隊は……」

テッドさんが首を振った。

いや、まだそうと決まったわけでは……。

「索敵します」

どこ、どこ、何処にいるの……。目を瞑って周囲を探る。

生きてさえいれば……。私はいつもより集中して人影を探す。

「君たち。これ買い取りたいんだけど、いい？」

「ええ、どうぞ」

テッドさんが商人さんと二人で魔獣の解体を始めた。

いた！　四人の冒険者風のおじさんが、足跡を調べている。怪我もなさそう。

すごい。全力で集中すると、ここまではっきり見えるのね。これが火事場の馬鹿力？

「いました！　後方に四人。元気そうです。こちらに向かっています」

「そう、良かった」

テッドさんは顔を上げると、嬉しそうに頷いた。

ふふ。解体作業が楽しそう。生き生きとしてる。そういえば、テッドさんの趣味だっけ。

名前がレッドアイなのに目はゴミらしい。やわらかい皮が高級な靴やバッグになるんだって。

待っていると、道の奥から討伐隊の人たちが賑やかに話をしながら歩いて来た。

「よぉ。こんなところでどうした？」

「護衛の依頼で……」

「おい、あれは？」

そばまで来た彼らは、解体しているテッドさんを見て顔色を変える。

「何があった？」「無事か？」「お前たちのランクは？」「どこの所属だ？」

「大丈夫です。私たちは王都所属のBランクです。あれは偶然遭遇して……」

「Bランク?!」「そんなに若いのに！」「さすが王都だな」「無事で良かったよ」

おじさんたちは、三日もレッドアイタイガーを追っていたそうだ。

「よ！　若いの！　よくやった！」

その声に、夢中で作業をしていたテッドさんが笑顔で顔を上げる。

ギルドへの報告は任せろと、彼らは来た道を引き返して行った。


私たちは再び東に向かい、荷馬車を走らせて森を抜ける。

「では依頼達成の署名を……」

「いやぁ、素材を全部譲って貰えるなんて。ありがとう」

「いえいえ。こちらも荷馬車に乗せて頂き助かりました」

大きく手を振り、荷馬車が見えなくなるまで見送った。


「さてと、マリー。今日はあの辺で、野営をしよう」

私たちはいつものように夕食を取り、お茶をしながらまったりとする。

ふぅ、思っていたより平和だなぁ。

「ところでテッドさん。崖の下には、どうやって下りるのですか？」

「あ！」

え？　テッドさん？　まさかテッドさんがノープランとは。

あの断崖絶壁の下は、どこの国の領土でもない緩衝地帯の深い森……。

ん？　緩衝地帯にわんさかいる魔獣？　謎しかない。

「問題は、師匠が私たちを崖の上に誘導した意味ですよね」

「そうだね。迂回させないように、わざわざFランクの依頼を手配したわけだし」

「師匠のことだから魔獣の討伐より、崖に意味がありそうですね」

テッドさんは何かを思いついたように、持っていたカップをテーブルに置いた。

「もしかして『魔法を使って崖を下りろ』ってことかな？」

「あ、多分それです」

これだ。師匠のいつもの無茶振りだ。テッドさんは疲れた顔で笑顔を作る。

「ははは、さすがシドさんだ。明日、崖を見てから考えよう」

「あはは、そうですね。それほど高い崖では、ないのかも知れませんし」

乾いた笑いで現実逃避し、明日の自分に丸投げした。

「ひゃー、絶対に放さないでくださいね」

私は今、這いつくばって崖の下を覗いている。もちろんテッドさんの補助付きで。

朝日が森を徐々に照らし、心に余裕があれば最高の景色だ。

時折壁が崩れ、小石の落ちる音が聞こえて来た。


「……お、思ったよりも、非常に、お高いのですね。おほほほ」

下からの風で、私の髪がバサバサと音を立てている。

「壁が脆そうだから……」

テッドさんの声が突風でかき消され、私の体が一瞬浮いた。

「ひぃ」

もう無理。私は高速でテッドさんをタップした。

何あれ。リアル崖だよ。火サスだよ。

安全な場所まで避難しても、腰が抜けて立ち上がれない。

「大丈夫?」

「もちろんです。多分……」

正座したまま、最大のやせ我慢で笑ってみせた。

「崖の表面はマリーが加工しても崩れそうだし、他に方法は……」

「あはは。滑り台を作るのが無理なら、空を飛ぶとか？」

発想が貧困な私には、お馬鹿な案しか浮かばない。

「飛べるの？」

「いえ、言ってみただけです」

「でも、シドさんがマリーにさせたいのは、それだと思う」

やっぱり……。私は脱力して両手を付いた。

「うっすらと、そんな気がしていました」

「ははは。一番の問題は、マリーは高いところが苦手ってことだね」

「はい……」

嫌ではないのですよ。でも自分で、どうすることも出来ないし。


「そうだマリー！　私が背負うから、マリーは目を瞑(つむ)っていたらどう？」

うーん。それはどうなのかな？

「私の目が見えなくても、大丈夫なのですか？」

「私が指示を出すから大丈夫。試してみようよ」

テッドさんは私と背中を合わせ、ロープでぐるぐる巻きにした。

背負っていない気もするけれど、細かいことは気にしない。

「これなら私の両手もフリーだし、安全だろ？」

「はひ……」

ぐるじい……。しかし私のためだ、文句は言えない。

早速、風魔法を操ってみた。ハートさんがよく果物を浮かせていた、あの感じで。

体に魔力を纏わせて、風を集めて……。

「おおお？」

「浮いてる！　浮いてるよ、マリー！　魔力の量が全然違うね！」


なるほど。浮くだけならチョロいのね。

自然の風を感じて、その流れに身を任せるような感覚だ。

ただ手と違い、魔力の安定が難しい。気を抜くと、どこかに魔力を叩きつけそうになる。

暴発だけは気を付けなければ。


「いいね。だいぶ安定してきたよ。魔力は平気？」

「それは平気です。慣れてきたので、纏う風の量を少し増やしてみようかと思います」

「それなら目を閉じて、移動の練習もしてみようよ」

目を閉じて移動……ちょっと不安だ。

私はさっそく目を閉じてみる。すると魔力のもやもやが、驚くほどリアルに感じられた。

全身の魔力を、ここまで意識したのは初めてだ。

それに目を閉じていた方が、魔力の動きを細部までコントロールしやすいな。

「マリー、着いたよ。お疲れ様」

目を開けると崖の下の森にいた。周囲は静かで、鳥のさえずりが聞こえるだけだった。

「え？　いつの間に？」

呆然(ぼうぜん)としていると、テッドさんがロープを解(ほど)いてくれる。

私は首が痛くなるほど上を向いて、崖を見上げた。

あんなに高い所から下りて来たのか。全然分からなかった。感覚が馬鹿なのかな。

日の出と共に崖に来たのに、既にお日様は真上にいる。崖の下は風もなく、穏やかだった。

「お腹すいたね」

「お弁当を持って来たので、お昼にしましょう」

私は『姉さん直伝(じきでん)のサンドイッチ』を空間魔法から取り出した。

「この卵サンドは、ドレッシングの酸味のバランスが絶妙で美味しいね」

「わぁ嬉しい。お料理は、練習中なのですよ」

姉さんありがとう。なんとか合格点が貰えたみたい。今度は師匠にも食べて貰おう。

食事が終わるとテッドさんは木に登り、水魔法を空に放って大きな虹を架けた。


「魔獣を刺激してみたんだ。索敵してみて」

「ああ、なるほど。はい」

……。おかしいな。辺りにそれっぽい魔獣が全然いない。どういうこと？

「大きな魔獣がいませんね。本当に崖を飛ぶことだけが、目的だったのでしょうか？」

「いや、マリー。あれだ」

木の上でテッドさんが遠くを指さした。


その方向を索敵すると、黒い煙がすごいスピードで迫ってくる。

「何ですか、あれは？」

「キラービーだ！　マリー！　急いで結界を！　数秒で到着する！」

テッドさんは、慌てて木から飛び降りた。

「はい！」

私はわけも分からず結界を張る。

「刺されたら麻痺するから気を付けて。四、五か所で動けなくなる。そうなったら為す術もない」

「なんて危険な！」

「来た！」

十センチ大の蜂の群れだ。囲まれて死ぬ！

私は怖くて目を瞑り、全身に力を入れた。

バチ！　バチ！　バチ！　バチ！


あれ？　恐る恐る目を開けた。蜂は火花を散らし、結界に当たって落ちていく。おお。

確かに師匠の言うように、わんさかいた。テッドさんは蜂に水の刃を当てている。

なるほど。結界から出なければ安全なのね。

まとめてどうにか出来ないかな……。私は風を集め、乾燥機の応用で竜巻を作ってみた。

その竜巻は群れに向かってゆっくりと進み、次々と蜂を巻き込んでいく。

とはいえ分散して逃げるから時間がかかる。終わった頃にはヘトヘトだった。

もっと効率的に出来ないのかな……。

「こんなの、結界がなければ無理ですよね？　みんなは罠でも張るのでしょうか？」

「ははは。特別な防具でも使うのかな？　はー、さすがに魔力切れだ。マリーは？」

テッドさんは肩で息をしながら膝に手を当て、中腰になる。

「私はまだ平気です。この大量の死骸は、放置しても大丈夫なものですか？」

「これは畑などに撒く害虫除けの材料になるんだ。全部持って帰ろう」

この蜂が薬草庭園でも使っている、あの粉になるの？　知らなかった。

風魔法で袋に詰めて、空間魔法に収納する。解体作業が無ければあっという間だ。

「また来ますかね？」

「多分ね。結界の中で安全に戦えるし、私たちとは相性がいい」

「はい。欲を言えば、もっと効率的に倒したいですね」

「ふふ、そうだね」

すっかり日が暮れたので、崖から離れた開けた場所で野営の準備を始めた。

ちょっと怖くて、さっきより強めに結界を張る。

テッドさんはテーブルセッティングを完璧に整え始め、今日は私も手伝った。


「このソース、美味しいね。マリー？　手が止まっているよ」

「あ、食事中にすみません。何かいい方法がないかなぁと」

私は慌ててお肉を口に入れる。このソースは姉さん直伝。

あれから姉さんには色々な料理を教えて貰っている。私も女子力を付けたいし。

「ああ、キラービーのことだね。水をかけると動きが遅くなるけど……」

「では、明日は思いっきり、水をかけてみましょうか？」

「試してみる価値はあるかもね」

「はい！」

よし！　明日は水を撒いてみよう！

「うふふ。なんだかワクワクします！」

「ははは。私もだよ」

翌朝起きたら、結界の周りにキラービーの死骸が大量に落ちていた。

おそらく寝ている間に襲撃され、結界に体当たりして死んだらしい。

……。

いや、『いつもより多めに何かいるな』くらいは分かっていたよ。遠くで吹く風くらいには。

でも、虫だからね。あの虎でさえ軽い衝撃だし。結界を厚めに張っていたし。

「マリーこれ……」

「ええ。びっくりです」

木々が静かに揺れ、木漏れ日が眩しい優雅な朝に、場違いなバチバチ音。

今も十匹くらいのキラービーが、見えない壁に体当たりをしている。

テッドさんは結界のギリギリまで近寄って、面白がって挑発をしていた。


「テッドさん。このままここにいるだけで、良くないですか？」

「私もそう思う。そうだ、マリーにこれを……」

彼はそう言うと、鞄をゴソゴソと探りだす。笑顔で振り返ると、お茶の袋を軽く振った。

すぐに結界の中は、アールグレイに似た香りに包まれる。

「わぁ、とてもいい香りのお茶ですね」

「これはね、フェルネットさんから持たされたんだ。『マリーへ』って」

テッドさんが茶葉の入った袋を渡してくれた。

「どうりで。これはこの前、お店で何度かおかわりをしたお茶です」

「ふふふ。柑橘系。柑橘系の香りが好きなんだね」

そう、柑橘系。柑橘好きのハートさんもこれが好き。

「はい。とても懐かしいというか、ホッとする香りなのですよ」

彼は優しく微笑むと、水魔法を使ってお茶を淹れてくれた。

カップにゆっくりと口を付けると、思わず顔がほころんだ。

この香りと出会った時は、懐かしさでいっぱいだったなぁ。

それにしてもフェルネットさんは、みんなのことをよく見ている。


それからの私たちは、結界の中で本を読んだり、お茶を飲んだり。

時々、風魔法で蜂の死骸を片付けた。


「キラービーも必死ですね」

「うん。あんなに大群を引き連れて来てくれるとはね」

あちこちから蜂がやって来て、なんだか申し訳なくなってくる。

「でも、諦めずに来てくれると楽ですね」

「ははは。まったくだ」

翌日はシルバーウルフの群れが通り、キラービーの毒針が皮膚を貫通しないことを知った。

シルバーウルフめがけて、結界の中から安全に水鉄砲の練習をするテッドさん。

コントロールの練習の成果が見て取れる。だいぶ精度が上がっていた。

結界って最強。ここにいたら無敵スター状態じゃない。

シルバーウルフの毛皮と牙を回収した。

それから三日が経つ頃には、さすがに二人で頭を悩ませ始める。

「いつ帰ろうか?」

「このままいたら、人としてダメになりそうですよね」

「私もそう思う」

テッドさんが真剣な顔で頷いた。何も考えずに長く過ごしたから、頭がぼーっとする。

話し合った結果、明日の早朝に帰ることにした。


「ねぇ、マリー。ちょっといい?」

「はい。どうしました?」

「今年の夏が終わると、組み始めて二年になるよね?」

「はい。そういえばそうですね」

向こうで座っていたテッドさんが、思いつめた顔でこちらに来る。

私は席を立ち、ポットにお湯を入れた。

「私はマリーの警護の指揮を執りたい。それには何が足りないと思う？」

「特に……、足りない物など、ないと思いますが……」

私は首を傾げ思案する。どういうこと？

「それは、ハートさんと比べても？」

「ハートさんと？　ハートさんと比べても？」


「え？　ハートさんと？　それなら問題は私の方です。私がテッドさんに合わせないから」

テッドさんはお茶を差し出した私の腕を、急に掴んで顔を上げる。

つい、私がその手に目をやると「ごめん」と呟きそっと放した。


「ええ。そのために毎日反省会をしていました」

私が懐かしくなり微笑むと、テッドさんの顔がふっと緩む。

テッドさんはカップを手に取り一息つくと、体の力を抜いた。

「具体的に聞かせてくれる？」

「はい。基本は『自分の身は自分で守れ』『指示に従え』『死角に入るな』の三つです。ハートさんはこれを前提に戦います」

「なるほど……」

私は自分のカップを置いて席に着くと、テーブルの前で両手を組んだ。

「ですから、テッドさんは私の動きに合わせるので、比べるのは違うと思います」

私が『戦い方が違う』と伝えると、テッドさんは首を横に振る。

「私はハートさんになりたい」

「そうですか？　私たちは共闘の方が合うと思いますよ」

私がそう言うと、テッドさんはハッとしたように口に手を当てる。

「……共闘。そうだね、私たちは一緒に戦っていたんだ。一人で空回りしていたよ」

「うふふ。そんなふうには見えませんでした」

私が笑うとテッドさんもつられて笑顔になった。

最近は機嫌が良かったし、ちっとも気が付かなかったな。テッドさんは何かと悩みがちなのに。

「ずっと、ハートさんになることが正解だと思っていた。シドさんに『マリーを上手く使う戦い方を考えろ』って何度も言われていたのに。馬鹿だったな」

テッドさんの紫色の綺麗な瞳が、とても穏やかな色に見えた。


「なんだこれは」

ギルドの裏で私たちは、驚くギルド長を横目に必死に笑いを堪えている。

高々と山になったキラービーを見て、ギルド長の顎が落ちたままなのだ。

あまりにも予想通りのリアクション。


「ぷぷっ。苦労したのです」

「くくっ。シルバーウルフの毛皮と牙も査定お願いします」

ギルド長はため息を吐き、裏側から窓を叩いてギルド職員を呼び寄せる。

「はー。まさかお前たち二人だけでこの量か？　想像もしたくない」

「はは。囲まれたので」

呼ばれたギルド職員も、山になったキラービーに驚きながら歩いて来た。

「ギルド長、なんすか、これ」

「深く考えんな。これ全部、手分けして査定しておけ。応援も呼んで来い」

「うっす」

査定担当のお兄さんは、仲間を呼びに走って行く。

ギルド長が振り返り、もう一度大きくため息を吐いた。

「は――。で？　これだけのキラービー、どこにいたんだ？」

「東の森を抜けた先の、崖の下です」

「崖の下？　まさか迂回せずに下りたのか？」

私たちが答えようと口を開きかけた途端、ギルド長は両手を左右に大きく振る。

「いい、いい。もう、お前らのことでいちいち驚いていたら身が持たん。Ａランク昇格だ」

ギルド長が投げやりにそう言うと、面倒そうに戻って行った。

呆然と、その背中を見送る。


「昇、格？」「ですよ、ね？」

私たちは互いに、半信半疑で顔を見合わせた。

そうなるかもな、そうだといいな……的な期待はあったけれど。

「Ａランク昇格ですってー！」

「ああ！」

思わず両手を上げてハイタッチ。わーい、嬉しいよー。

査定担当の職員たちが「おめでとう」とギルドカードを持って歩いて来る。

「ありがとうございます！」

「早く帰って報告したいね」

「お祝いのお酒やおつまみも、買って帰りましょうよ」

私たちは職員たちに手を振りながら、胸を弾ませてギルドを出た。

「ガインさんたちは喜んでくれるかな？」

「うふふ。もちろんです！　きっと頭をゴリゴリ撫でられます！」

閑話　ガインの目線

夜の帳が下り、爺さんの家のリビングは、笑い声と温もりで包まれていた。穏やかな春風が、少し開けた出窓から入ってくる。夕食の後、マリーとテッドが報告したいことがあると言い出した。

二人は次々と、皿に盛った菓子やつまみを並べている。

こいつらの留守中は家の中が静かだったのに、戻って来たらすぐこれだ。若者はいつも賑やかでいい。隣に座るシドさんは、機嫌よさそうにその様子を眺めている。

二人はみんなにお茶や酒を配り終えると、満面の笑みで俺たちの前に立った。


「どうした？　あらたまって」

「うふふ。実は私たち、Ａランクになりました！」

マリーが胸を張ってそう言うと、隣でテッドが小さく手を叩く。


「「Ａランク!?」」

「ええ?! 早くない？」「さすがわしの孫じゃ！」「おめでとう！」

フェルネットは立ち上がり、爺さんの顔はデレデレになり、ハートは青緑の目を細めた。

みんなでマリーとテッドをもみくちゃにする。

もちろん俺も嬉しくて、二人の頭をゴリゴリと撫でてやった。

「そうか。とうとう追い付いて来たか」

多くの冒険者がAランクを人生の目標にし、それが叶わず引退をする。俺たちのサポートなしにこの若さで成し遂げるとはな。こいつらの実力を、誰もが納得するだろう。


「よくやったなお前さんたち。はっ、はっ、はっ」

シドさんがグラスに酒を注ぎながら、楽しそうに笑っている。

それを見た本日の主役たちが、揃ってシドさんから酒とグラスを奪い取った。

「師匠！ あの崖の攻略の方が大変だったのですよ！」

「そうです！ そういうことは、先に言ってください！」

二人揃ってすごい剣幕だ。これは何かやったな。

シドさんはお構いなしに、涼しい顔をしている。

「はっ、はっ、はっ。何か問題か？」

「はぁ?! 何が『何か問題か?』ですか。問題だらけですよ! 私、風魔法で飛んだのですよ!」

「あの時は、生きた心地がしませんでしたよ」

それを聞いたシドさんが、更に嬉しそうな顔をした。

二人からグラスと酒を奪い返すと、一口飲んで笑いだす。

「はっ、はっ、はっ、はっ。何を言っている。結界の中で優雅に過ごしていたんだろ? んん?」

それを言われた二人は「くぅ」と呻き、脱力した。


「むぅ、師匠。何でもお見通しですね」

「ははは。本当ですよ。どこまで計算していたんですか?」

あのテッドも、随分と言うようになったもんだ。

感情を表に出したり、文句を言ったり、見ないうちに成長したな。

そしてこっちの男前も、余裕綽々で笑ってやがる。


「よっ、ハート。テッドが『マリーの警護の指揮を執る』って張り切ってたぞ」

シドさんとはしゃぐ二人を見ながらそう言うと、ハートは静かに笑って肩を竦めた。

まったく。ハートにとってはどこ吹く風だ。

「そう簡単に譲るつもりはないよ」

「成長期をなめてかかると痛い目を見るぞ」

ハートがしばらく黙って俺を見る。

空いたグラスに酒を注ぐと、それを口に運んで鼻で笑った。

「フン。望むところだ」


相棒としてはテッドの方がマリーに合う。敵をマリーに任せ、護衛だけに専念する。これはなかなか出来ることじゃねぇ。危機感の乏しいマリーが自由に戦うには、テッドが最適だ。

ハートは昔から効率とヘイトコントロール重視だからな。無駄な戦闘はしねぇ。使えるものは何でも使う。マリーには自身を守ることだけを要求し、何も見せずに聞かせない。身も心も傷ひとつ付けさせねぇだろう。護衛としては完ぺきだ。


グラスを片手に物思いに耽（ふけ）っていると、テッドがこちらにやって来た。

「ガインさん。少しいいですか？」

「おう。どうした？」

さっきまで笑っていた青年が、急に暗い顔をする。

若者の情緒は常に不安定だ。

「ガインさん。私はあの時、子供を殺すべきでしたか？」

テッドが思いつめたように俺に聞く。

俺はそんなこいつの肩を、笑いながらポンと叩いてやった。

「いや、あれで正解だ。あの時テッドが子供に構っていたら、刺客が潜んでいた場合に後れを取る。石を投げた町人も、同様に放置で構わねぇ」

「子供や町人が襲ってくる可能性は？」

「視界の中からの攻撃なんて、お前たちなら余裕だろ？　目的はマリーの警護だ。敵を倒すことじゃねぇ」

「そう……ですね……」

テッドは憑き物が落ちたように、すっきりとした顔になる。

「ガインさん！　ありがとうございます！」

「お、おう」

よく分からないが、急に笑顔になってみんなの輪の中に戻っていった。

まったく。あいつは何を、悩んでいたんだ。

「フェルネットさん。お茶、ありがとうございました」

「ああ、マリー。テッドに渡したやつだね。知り合いがブレンドしてくれたんだ」

フェルネットが先日、お茶の葉っぱがどうのと騒いでいたが、やっぱりマリーのためだったのか。

くそっ、抜け駆けしやがって。

「おい。お茶なら、わしも探してきたぞ」

爺さんもかよ！

爺さんがお茶の袋を開けると、部屋中に柑橘系の香りが広がった。

「わぁ、いい香り。おじいさまありがとう！　この香り大好きなのです」

「そうか。わはは。喜んでくれてわしも嬉しいぞ」

笑顔のマリーが、爺さんに抱き付いて甘えている。爺さんもデレデレだ。

「お茶を淹れましょう」

テッドが袋を受け取ると、慣れた手つきでお茶を淹れる。

「ガインさんもぜひ」

テッドが湯気の立つカップを渡してくれた。


まだまだテッドには勉強が必要だ。

だが一度（ひとたび）悪意がマリーに向けば、それが身内であろうと躊躇（ちゅうちょ）なく斬れる。それは俺たちも同じつもりだが、こいつなら確実に殺るだろう。

番外編

シドの課外授業（調査依頼の前）シド視点

凍えるような冬の朝、私は白い息を吐きながら、冒険者ギルドの裏手に回る。

広場からは、いつものように子供たちの元気な声が聞こえてきた。

だが少し、様子がおかしいな。


「僕の方がニコより強いもん！　喧嘩なら負けないし！」

「何言ってんだ！　僕の半分も魔法を扱えないのに！」

「おい、やめろよ、二人共！」

年長組のクリスが二人の間に入り、喧嘩を止めている。

他の子供たちは、彼らを囲んで大騒ぎをしていた。


「何の騒ぎだ？」

「あ、シド先生！　ニコとヴァロが！」

冷えた手を擦りながら中まで入っていくと、周りに子供たちが寄ってくる。

「先生聞いて！　ニコが僕のことを馬鹿にするんだ！　弱いくせに」

「違うよ！　ヴァロは魔法が下手だから、そう言っただけだ！」

なるほどな。

「はっ、はっ、はっ。持っている能力はみんな違う。ヴァロは力が強く剣も上手い。ニコは魔法の扱いが巧みだ。お前さんたちが組めば最強だ。そう思わないか？」

それでも二人は、不満そうにそっぽを向いている。

少し空気を入れ替えるか。子供の心は、退屈すると病むからな。

反復練習も大事だが、新しい刺激も必要だ。常に栄養を与えてやらないと。


「よーし。明日は休みだし、今日は気分を変えて山に行こう」

「うわぁ！　山だってー！」「わーい！」「課外授業だー！」

私を囲んでいた子供たちが笑顔になった。

「四人ずつ五班になれ。年長組は班長だ」

「「はーい！」」

「班が出来たらその場に座れ。今から山に行くために、三つの約束を守ってもらう。出来るか？」

子供たちは騒がしく座りながらも『出来るー』と合唱した。

いつの間にか、喧嘩をしていた二人も並んで座り、笑顔になっている。

「一つ、班長のそばから離れない。二つ、必ず誰かと手を繋ぐ。三つ、繋いだ手が離れたら班長に報告する」

私の言葉に子供たちが口を揃えて復唱した。

『一つ、班長のそばから離れない』
『二つ、必ず誰かと手を繋ぐ』
『三つ、繋いだ手が離れたら班長に報告』

私は満足して頷いた。

「あ、シドさん、お疲れ様です。今日は随分と連れが多いようで」

外壁門で若い門番が、手を繋いで二列に並ぶ子供たちを見て微笑んだ。

「ああ、この子たちを山に連れて行く。全部で二十名、これはリストだ。何かあったら頼むな」

「はい、お気を付けて。お前ら、山は危険がいっぱいだ。シドさんの言うことをよーく聞けよ」

「「はーい！」」

門番に見送られ、私たちは山に続く舗装された道に出た。

「歩きながら、山について勉強しよう」

「はい、先生！　山には通常ルート、迂回ルート、最短ルートなどと呼ばれるルートがあります！」

「はい！　最短ルートに道はなく、冒険者たちが付けた目印があると聞きました！」

「はい、はい、はい！　通常ルートは……」

年長の子供たちは、我先にと手を挙げる。

「お前さんたちは物知りだなぁ。私の出番はないな。はっ、はっ、はっ」

彼らは目をキラキラと輝かせ、自分より小さな子に教えていた。

ニコとヴァロも、お互いに教え合っている。もう、心配はいらないな。

子供たちを連れて三十分ほど歩くと、山の入り口に着いた。

「通常ルートから出ると危険がいっぱいだ。毎年、命を落とす者がいるから気を付けろ」

「「はい！」」

「班長、全員いるか確認しろ」

「はい！」

大人数の移動は大変だ。一人くらいいなくても気が付かない。私は二十名いることを確認してホッとした。

私たちは長い列をなして、山に足を踏み入れる。

すれ違う荷馬車は、私たちに気付くとスピードを落としてくれた。

「今から行くのは王都側、第一野営ポイント。かなり簡易な野営ポイントだ」

「王都側の第二は、施設が大きいんだよね？」

「ああそうだ。良く知っているな。学校で習った者もいると思うが、野営ポイントは簡易なものを合わせると王都側に三十六、向こう側に二十四ある。名前もない、空調設備がないような場所は数に入っていない」

初めて聞く小さな子供たちは、とても興味深そうにしていた。

第一は山に入ってすぐにあり、冒険者たちの休憩や待ち合わせの場所として使われている。

十五分ほど歩くと野営ポイントが見えて来た。

「わぁ、あったかーい」「すごいねー」「意外と広い」「おい！　手を離すなよ！」「だってー」

行商人が数人、冒険者相手に回復薬や弁当を売っている。

子供たちは、空調結界や、目に入るものすべてに驚いていた。

私は人数を数えた後、はしゃぐ彼らを整列させる。

「ここでの危険は何か、言える者はいるか？」

「魔獣！」

「迷子！」

「誘拐！」

「怪我！」

子供たちは、それぞれ胸を張って手を挙げた。

「さすがお前さんたちだ。班長は常に人数を確認し、私のそばから離れるな。みんなも班長から絶対に離れるなよ。何かあれば大声を上げろ」

「「はーい」」

私は子供たちを連れて、結界を維持するための大きな魔宝石に魔力を流し込む。

それを眺める彼らの目は、好奇心でいっぱいだ。

その後は冒険者や行商人に話を聞き、共同のキッチンスペースを案内した。

「先生！　ニコとヴァロがいない！」

クリスが突然そう叫んだ。彼は二人の班長だ。

「全員この場を離れるな」

すぐに班長たちは人数を確認し、子供たちを座らせる。私はあまり得意でない索敵を開始した。

黒龍ではハートやフェルネットの担当だった。彼らには子供のうちから慣れさせたが、大人になって自己流で覚えた私の索敵は、彼らに及ばない。それでも出来ないわけではない。

解像度の低い生命反応は、大小様々だ。

まいったな。ん？　この大きな生命反応はなんだ？　いや、これは大きすぎる。

私はその大きすぎる生命反応を避けるため、索敵範囲を狭めた。

さっき立ち寄ったキッチンに二人か……。冒険者かも知れんが……。

「だれか、キッチンを確認してくれ」

「はい！」

クリスが急いで走って行く。

慎重に索敵していると、クリスが「いました！」と二人の手を引いて戻って来た。

「うわーん、ごめんなさい」「僕が悪いんだよ。グス、グス」

彼らは大泣きしながら歩いて来る。

「何があったんだ？」

「テーブルの下に黒曜蝶の幼虫がいたんだ、冬なのに空調結界の中だから……」

「ニコと一緒に、捕まえようと潜っていただけなんだ……。うわーん」

まるで小さな頃のフェルネットだ。懐かしさに、思わず顔が綻んでしまう。

フェルネットと違うのは、きちんと反省しているところだが。

「そうか、あれは綺麗だからな。迷子にならずに済んで良かった」

「「うわーん」」

二人は大泣きしながら私にしがみ付いた。私はガインがよくやるように、頭を撫でてやる。

「はっ、はっ、はっ。わざとじゃないのは分かっている。今度からは気を付けような」

クリスと一緒に彼らを背負い、私たちは無事に山を下りた。

「師匠。休日なのに、早くからお出かけですか？」

夜明けと共に家を出たら、二階の窓から嬢ちゃんに声をかけられた。

「ああ、ちょっとな。夕方には帰る」

私は彼女に手を振ると、王都を出て山に向かう。

昨日索敵をした時に見つけた、大きな生命反応が気になったからだ。

「確か、この辺に……」

通常ルートから少し外れた山の中に、ぽっかりと大きな横穴が出来ていた。

ちょうど私の身長くらいの丸い穴。相当奥まで続いている。

しかし、私の精度の低い索敵では、遅い鼓動を感じ取るだけだった。

このまま冒険者ギルドに調査依頼を出してもいいが、生命反応の大きさが気がかりだ。


「迷い込んだ、バカでかいウサギならいいのだが……。さて、どうしたものか」

私は細心の注意を払い、横穴に足を踏み入れる。高さも幅も一定で、周囲の土は石化していた。

土を飲み込みながら掘り進め、石化の毒で固めた巣穴……。

「まさかな……」

頭の中に、嫌な魔獣の名前がよぎる。奴なら、これ以上近付くのは危険だ。

足を止め、水魔法を細い糸のようにして探索を開始した。

出来るだけ慎重に、ゆっくりと、雨水が流れ込むかのように水を進めていく。

「この辺に……」

魔力を纏わせた水が、別の魔力にそっと触れた。その瞬間、索敵の解像度がクリアになる。

大変だ。それはやはり『ストーンヘッドスネーク』だった。

S級指定の魔獣だ。石化の毒を吐き、うろこは鉱石で出来ている。食べた魔宝石でうろこの質が変わるのだ。ここまで大きく育ったものが暴れたら町が一つ消滅する。

準備をすれば私一人でも……。いや、せっかくのS級魔獣か。

私はそのまま山を下り、冒険者ギルドへ報告に向かった。

「出来たばかりの巣穴？」

ギルド長が振り分けていた書類を置いて、顔を上げる。

冬は冒険者が帰省するので、王都のギルドは人手不足で忙しい。

「ああ、通常ルート近くだ。それなりに大きいし、調査が必要だ」

「まいったな。この忙しい時期に……」

「そこでだ。この案件、嬢ちゃんたちに調査依頼を出してくれないか？」

「マリーたちに？　いや、シドさんがそう言うなら構わないけど……」

彼は一瞬眉をひそめたが、すぐに了承してくれた。

おそらく討伐の許可を貰いに。

数日後、思惑通り調査を終えた二人は、私の下にやって来た。

「師匠！」

「ほぅ」

私は嬉しさを誤魔化すように顎に手を当てる。

「はい。ギルド長が、師匠の許可があれば行ってもいいって」

「もちろん許可は出すぞ。朝を待って、巣穴からおびき出せ。日を浴びて怯んだところを、嬢ちゃんが全力で凍らせろ。次に頭部を魔法で破壊。テッドは嬢ちゃんの護衛に徹していればいい。お前さんたちにはおあつらえ向きの、楽な仕事だ。ほれ、気を抜くなよ」

彼女は怪しんでいたが、テッドはとても楽しそうだった。

最近のあいつには、暗い影のようなものがなくなったな。

嬢ちゃんといると、なぜか心が洗われる。不思議な子だ。

ガインの旅の件もあり、引退を早めたが正解だった。
ここに残って二人を見守れる。このことはガインと散々話し合った。
ハートとフェルネットが育ったのも大きいが。

「石化の回復薬と、魔力の回復薬を頼む」
「あいよ、シドさん。石化の回復薬なんて、ヤバい魔獣でも出たのかい?」
「いや、いや、念のためだ」
私も過保護になったものだ。心の中で苦笑いをして薬屋を出た。

私は嬢ちゃんたちよりも前に来て、巣穴の近くの木の上で待機した。
夜明けと共に二人は現場に着くと、私の指示通りにテッドが魔獣をおびき出す。
勢いよく巣穴から出た途端、嬢ちゃんが全力で凍結魔法を放った。
だがストーンヘッドスネークの体はまだ、半分以上巣穴の中だ。
嬢ちゃんは体に飛び乗り頭部を破壊し始める。

「これは、想定外のデカさだな。しかもあれは……オリハルコンか？」

今は凍結して青白く見えるが、出て来た時は虹色に反射する橙色だった。

黒龍ならきっと、ハートが風の壁で口を塞ぎ、ガインの馬鹿力で頭部を叩き割るかな。フェルネットが体を押さえつけるから、もっと安定しているだろう。

二人でどこまで戦えるか、お手並み拝見だ。


その間にも巣穴から、じわりじわりと凍らずに残った体が這い出てくる。その大きな体がうねり、木々をなぎ倒した。体が全て出た蛇を、嬢ちゃんが再び凍結させる。

いいぞ、その調子だ。


「マリー！　頭部破壊に専念しろ！　後は私が！」

「はい！　テッドさん！」

うーん。テッドの魔力じゃ動きを止められないな。

手を貸そうかと迷ったが、テッドは蛇の神経を狙っていた。

さすがだ。あいつは魔獣の体内構造に詳しいからな。あの判断力は素晴らしい。

私は安心し、木の上にゆったりと座って長期戦に備えた。

マリーの立ち位置もいい、安定している。

テッドは蛇の動きを止めながら、発熱している心臓部を凍結していた。

欲目を抜きにしても、二人の戦いぶりは完ぺきだ。

「はっ、はっ、はっ。時々私への文句が聞こえてくるのは、愛嬌だ」

「ソニー殿、嬢ちゃんたちが昇格するからお祝いの準備を」

私はたくさんの食材を買って家に帰ると、マリーの祖父にそう言った。

「なに？　マリーが昇格？　それはめでたい！」

彼は私の荷物を受け取ると、急いでキッチンに向かう。

「わしは肉を焼くから、そっちを頼む」

「ああ、サラダだな」

ソニーは風魔法で肉を叩くと、手際よく塩と香草をこすりつけた。

私はいつものように水魔法で、野菜を洗って切っていく。

「そうか、昇格か。随分と早い気もするが、そんなものなのか？」

「いやいや、異例の早さだ。さすが嬢ちゃんたちだな。私も驚いている」

「シドが驚くなんて、わしの孫はすごいな！」

彼は嬉しそうに、嬢ちゃんの好きなチーズのスープも作り始めた。

「あ、しまった。マリーの好きなお茶を切らしてた」

「ああ、それは私が買って来よう」

「すまんな、シド」

私は急いで家を出た。


商店街に向かうために大通りを歩いていると、向こうから嬢ちゃんたちが疲れ切った顔で歩いて来る。目の前まで来ても、二人は私に気づかない。

はっ、はっ、はっ。少し無理をさせたかな。


「よっ！　お前さんたち、お疲れさん。今帰りか？」

「師匠……」

二人は力なく顔を上げる。

「師匠の感覚で楽な仕事って言われたら、私たちは死にますって！」

「命がけでしたよ！」

すぐに勢いよく文句を言い始めたが、私はそれがとても嬉しかった。

「はっ、はっ、はっ。無傷なら楽な仕事だ。ほれ、ほれ、報告に行ってこい」

私は彼らの背中を見送ると、お茶を買って家に戻った。

「ソニー殿、そろそろ二人が帰って来そうだ」

「おお、おかえりシド。今チーズのケーキを焼いているんだ」

「そうか。では私は、テッドの好きなキッシュでも作ろうかな」

ソニーとは最初から気が合った。今では私の大切な友人だ。

一緒に料理をすると分かるのだが、テンポと間合いが心地いい。


「「ただいま帰りましたー」」

「おお、おかえり！」「よっ、お疲れさん！」

二人は匂いに釣られてダイニングに来た。

「お前たちはもう、一人前だな」「さすがわしの孫だ。テッドもありがとう」

彼らの目は、テーブルに並べられた大きなお肉の丸焼きやチーズのスープ、キッシュやサラダにくぎ付けだ。

はっ、はっ、はっ。作りがいがあるな。

「ほれ、ほれ。手を洗っておいで」

「「はい……」」

二人は何か言いたげだったが、諦めて手を洗いに行った。

「さぁ、シドと二人で腕によりをかけて作ったのだ。おなか一杯に食べてくれ！」

「師匠もおじいさまも、ありがとうございます！」「いただきます！」

我々は手分けして、二人の皿に肉やサラダを取り分けてやる。彼らは美味しそうにそれをたいらげた。

「そうか、お前さんたちがＢ級か」

「はい、師匠！」

「なんだか夢のようですよ」

二人の微笑む顔を見て、私も幸せな気持ちになる。

「お前たち。わしの自慢のチーズケーキもあるからな。その分を空けておくのだぞ」

「もう、おじいさまったら！　デザートは別腹です！」

「マリーは甘いものが好きだからね」

テッドがマリーを見て笑っていた。

ガインたちが帰ってきたら、この変化にも驚くだろうな。

ハートさんの石探し（他の冒険者と合同の旅の最中）フェルネット視点

休みの度に、兄弟子のハートさんが一人でどこかへ出かけて行く。怪しいな。

聞いても言葉を濁すばっかりだ。諜報が得意な僕に、隠し事なんて出来るはずもないのに。

ということで、青緑の石を探しているという情報は手に入れた。タリーはどこで、その情報を手に入れたのか。情報源は教えて貰えなかった。彼女はガサツだけど、口は堅い。

今日こそは隠密魔法を駆使して、情報の裏を取ってやる！

言っておくけど、僕は暇じゃないからね。


秋の肌寒い夜明けと共に、気配を消したハートさんが音も立てずに窓から飛び降りた。

それを合図に僕は黒いマントを羽織ると、隠密魔法で気配を消して同じように飛び降りる。

目の前を、ちょうど配達の荷馬車が通過した。ふぅ、危ない。ガインさんに見つかったら面倒だ。

視線を上げると、彼は風魔法を巧みに操り脇目も振らず走っていた。

嘘だろ。慌てて全速力で追いかけたが無理すぎる。
「ははは。ハートさんが本気になったら追いつけないや」
魔力を温存するつもりはないみたい。戦闘の心配がないのは分かった。
そうしている間にも、王都を出たハートさんの背中はどんどん小さくなっていく。
仕方なく立ち止まり、僕は索敵で山に向かう彼を追うことにした。
なんなんだよ。走るためだけに、あんなに魔力を使うなんて。
警戒心の強いハートさんらしくない。

ハートさんの向かった先は、通常ルートからかなり外れた険しい山の中だった。
僕が重力魔法を操って、どうにか辿り着けるような特殊な場所だ。
さすがの彼も、この空間の歪みには苦労したようだ。なんとか追いつくことが出来た。
こんなところで何をしているのだろう。
隠密魔法で気配を完全に消した僕は、少し離れた岩陰に隠れて息をひそめた。
彼は後ろを警戒することなく、慣れたように岩盤に手を触れる。
すると岩場の隙間から洞窟の入り口が現れて、その闇に姿を消した。
「隠ぺいの、魔道具？」
僕は急いで後を追いかける。すると洞窟の中は、青白い光に包まれていた。

「わぁ、綺麗……」

突然現れた別世界に、僕は思わず声を上げる。壁面から無数の魔宝石の結晶が突き出ており、その一つ一つが微かな光を放っていた。それらの光が集まって、洞窟全体を幻想的に照らしている。

石が自ら発光しているのか、それとも魔力の放出なのか。

僕はしばらくその場を見上げ、その美しさに心を奪われていた。


「綺麗だろ？」

静寂と神秘に満ちた光の中に、ハートさんが立っている。気配も音もなく、いつの間に……。

「あは、バレちゃった。後を尾けてごめんなさい」

「構わないよ、フェルネット。ついでだから手伝ってくれ」

さほど気にしていない様子で、彼は上を見た。僕もつられて上を見る。

「いいけど、ここで何を？」

「石を探している。青緑のな」

やっぱりだ。情報通りの青緑の石。ハートさんの目の色の石？

ふと僕は、彼の弓に付いている青緑の魔宝石に目がいった。

「弓用？」

「いや、アクセサリーにする」

「へぇ」

「でも出来るだけ透明で、傷も気泡も内包物もない、純粋なものがいい」

「それなら小さくても、かなり魔力を増幅出来るね」

ハートさんは話が早いと言わんばかりに頷いた。


そんなことなら隠す必要ないじゃないか。僕も一緒に来たかったのに。

それに、そこまで純度の高い魔宝石なんて、めったに市場には出回らない。

言ってくれたら、闇で手に入れてくるのに。魔宝石で有名な隣国にも、伝手はあるし。


「あの辺を削るから、頭上に気を付けてくれ」

そう言うと、彼は風魔法で天井の石を軽く削った。

バラバラと大きな音を立て、乳白色の石が落ちてくる。よく見るとあまり青くない。

「隠ぺいの魔道具まで使って、いつもこんなことを？」

「まぁな、趣味だと思ってくれ。急いでいるわけじゃないんだ」

「なんだー、趣味だったのかー。あはは、全然知らなかった。でも楽しそうだね」

彼はふわりと優しく笑った。堅物のハートさんに石集めの趣味があったとはね。

僕はしゃがんで、彼の落とした石を確認していく。

たまにとても綺麗な石があってワクワクする。

「ねぇ見て、これすっごく綺麗だよ」

透明度の高い、濃い緑と青の二色に分かれた石を見せると、彼は笑顔になった。

「ああ綺麗だな。ここは透明度の高い石が多いと、ゴバスが教えてくれたんだ。あいつはこの山の地形に詳しいから」

へぇ、珍しい。ハートさんが、黒龍以外の誰かに相談するなんて。タリーが知っていたのは、ゴバスさんからの情報か。二人共、ハートさんとは古い付き合いだし、なるほどね。

「記念にこれ、貰っていい？」

「ははは、好きにしろ」

よく探すと、水色や無色の綺麗な石が混じっている。ほとんどが乳白色だったり、気泡が入ったりしてるけど、確かに他所より透明度は高い。


僕たちは石を探しながら色んな話をした。

「僕が育ててた黒曜蝶のこと覚えてる？」

「あれだろ？　我が儘言って、嫌がるマリーに虫かごを作らせた」

「違うよ、マリーが嫌がったのは幼虫のほう。虫かごは喜んで作ってくれたもん」

ハートさんは顔を上げて穏やかに笑う。

「ああ、そうだったな。ふふふ。マリーも虫の苦手な、普通の女の子だったな」

「ふふ。あの虫かごは今も現役なんだ。時々補修しているし」

「随分と長持ちだな」

「だって上から出し入れ出来るし、便利だから。でね、さっきの魔宝石を空調の魔法陣に付けたら、自動で魔力供給出来そうじゃない？」

僕は、蓋を開けるジェスチャーをした。

「なるほどな。内包物もないし、長期出張でも置いて行ける」

「あはは。そういうこと。今までは野営ポイントに逃がしてたんだ」

「確かにあそこなら、一年中快適だ」

彼は立ち上がると、また、風魔法で石をバラバラと落とす。

「ここよりもさ、もっと奥に行ってみようよ」

僕も立ち上がってそう言った。こんな入り口付近より、奥の方が良い石がありそうだし。

「そうだな。フェルネットもいるし。実は奥にストーン蝙蝠がいて、少しだけ面倒なんだ」

「なんだ、そういうことか。マリーほどじゃないけど、僕だって結界は張れるんだ。任せてよ！」

僕たちはどんどん狭まっていく洞窟の奥へと足を進めた。

進むにつれて、手のひらサイズのストーン蝙蝠の数が増えていく。

周りでバサバサと羽をバタつかせているが、攻撃はしてこない。ただ、時々ぶつかってきた。

「警戒心がないのかな？　体当たりしてくるなんて」

「天敵がいないからかな。好奇心で寄ってくるんだ。お邪魔しているのはこっちだし、害がないのに殺すのもどうかと思ってね」

ストーンヘッドスネークのように土を食べて成長する彼らの体は、石や金属で覆われている。

彼らは戯れてるつもりでも、当たると結構痛いんだ。

そして土を食べる魔獣が好むのは、純度の高い魔宝石。

ここに彼らがいるということは、そういうことだ。


細くなった通路を抜けると、少し開けた空間に出た。僕は少し小さめに、結界を張る。

僕たちの頭上に金色の粒が広がって、キラキラと輝く魔法陣が描かれた。

蝙蝠たちはその光に驚いて奥へと逃げて行く。

「結界が見えれば、あいつらも警戒して寄ってこないでしょ」

僕がウィンクをすると、ハートさんがにっこり笑って目を細めた。

「俺はフェルネットのそういうところを、気に入っている」

そして僕たちはまた、石を探し始めた。

そこにはさっきよりずっと色が濃くて、透明度の高い石がたくさん落ちている。

僕は無心になって、青緑の石を拾っては光に照らして透明度を確かめた。

「ねぇ、これなんてどう？　小さいけど、探していた色に近くない？」

僕はその、小指の先くらいの小さな石を手渡した。

目が良い彼はそれをつまんで、光にかざして慎重に確かめている。

ハートさんの目の色と同じ、ネオンカラーのような青緑色。

薄暗い洞窟の中でひと際美しく発光していた。


ハートさんは笑顔になって、軽く握った拳を僕に突き出した。

「すごいぞ、フェルネット。透明度も最高だし、気泡も内包物も見つからない」

僕は嬉しくなって彼の拳に、握りしめた拳を軽くぶつける。

「とても小さいけど、それで良かったら貰ってよ」

「いいのか？」

「あはは、もちろんいいに決まってるよ。そのために探していたんだもん」

「ありがとう」

彼はとても愛おしそうに、それを握りしめた。なんだか調子が狂っちゃうな。

いつもクールなハートさんが、こんなに喜んでくれるなんて。

「フェルネット。この石を見つけたことは、俺たちだけの秘密にしてほしい」

「うん。いいよ」

僕がウィンクをすると、ハートさんは「感謝する」と短く言った。


一瞬、理由を聞こうとしたけど、やめておいた。

聞けばきっと、彼は誠意で答えてくれるだろう。でもそれじゃ僕が嫌なんだ。

せっかく楽しい一日を過ごせたのだから、この気持ちのままで終わりたい。

ハートさんにも最後まで、楽しい気持ちでいて欲しいんだ。

だから僕はこのことを、心の中にしまい込むことにした。

後でゴバスさんとタリーには、僕から口止めをしておこう。

あとがき

はじめまして、作者のななみです。この度は『聖女の加護を双子の妹に奪われたので旅に出ます②』を手に取っていただき、本当にありがとうございました。

待望の二巻です。嬉しいです。みなさまのおかげです。

前回の執筆中は書籍化の実感もなく、半信半疑で書いておりました。今となっては、夏休みの宿題レベルで軽く考えていた前回が信じられません。実際に書店で本を見つけた時の感動は、言葉では言い表せないです。

執筆中『小説家になろう』を久しぶりに開いたら、誤字脱字の報告がありました。ありがとうございます。嬉しいですね。活動報告で励ましてくださった方にも感謝です。改めて、言葉の力を実感しました。あそこはとても優しい世界です。書籍化作家の方が、私のような無名の新人に温かい声をかけてくれるのですから。びっくりしました。それに、私のためにわざわざアカウントを登録してくれた読者様、素敵な感想をくれた読者様。あなたの言葉を何度読み返したことか。私も誰かの力になる言葉を使いたいです。

二巻は新たな登場人物であるテッドとの冒険と、聖女活動のお話です。

テッドはとにかく悩みます。他人を傷つけたくなくて、気を回しすぎて。友達のいなかったテッドは、どこまで人に踏み込んでいいのか距離感が分かりません。失敗を恐れるあまり、おかしくなっています。私もそういう時期はありました。苦しいですが、誰かに優しくしたいと悩む時間は無駄じゃなかったと思っています。

マリーは聖女のお披露目パレードの後、冒険者になりました。ほぼ初対面の彼らは、お互いのことを少しずつ知りながら、手探りで頑張ります。それを見守る師匠はノリノリです。

そして聖女の活動と、予想もつかないアクシデント。人の感情の矛先は、どこに向くか分かりません。その時の彼らにとって、それはまぎれもない正義なのですよね。光の速さのように、正義は誰から見ても不変であれば……なんて中二病っぽいことを書きそうになりました。

ハートさんはマリーの視界だけでなく、耳も塞ぎたかったでしょう。幼い妹を亡くした彼は、記憶が厄介なものだと知っているから。

一方リリーは、色々とやらかしちゃいました。彼女は家族とキリカを巻き込んで、山の麓の村に移住します。十五歳ゆえの未熟さもあってハラハラします。

当時の私も根拠のない万能感で黒歴史を量産していました。今となっては意味が分かりません。

実はもう少し先まで四章が続くのですが、長すぎて入りきりませんでした。次巻に続きが掲載される予定です。山の麓に移住したリリーの近くにマリーが山を越えて聖女巡礼に訪れ、とうとうリリーはマリーを見つけます。この先は次巻でお楽しみくださいませ！


最後に謝辞を贈らせてください。

きれいなイラストを描いて頂きました、にもし様。いつも素敵なイラストをありがとうございます。テッドの陰がある描写はさすがですね。個人的にはキリカが可愛くてお気に入りです。それと表紙の美しい空の青。ラフを見た時に目を奪われました。本を出して頂いたアース・スター　ルナ様。私の見えないところで色々と動いてくださり、執筆だけに専念できました。感謝しかありません。そしてこの本に関わったすべての皆様にお礼を申し上げます。本当にありがとうございました。

先ほども少し書きましたが、次巻はマリーの聖女巡礼のお話から始まります。そして物語が急展開する隣国編に突入。とうとうリリーと直接対決。私の一番大好きな『隣国のバカ王子』も登場するので楽しみでもあります。二人の姉妹は別々の道を歩き始めました。ＷＥＢ版では少し話の進行が唐突すぎたので、その辺をスムーズにしようと思っています。

よろしければ次巻でもまた、お会い出来たら嬉しいです。

転生しました、
サラナ・キンジェです。
ごきげんよう。
～婚約破棄されたので
田舎で気ままに
暮らしたいと思います～
辺境の貧乏伯爵に
嫁ぐことになったので
領地改革に励みます
～ドラゴンと公爵令嬢～
ライブラリアン
本が読めるだけの
スキルは無能ですか!?
婚約者様には
運命のヒロインが現れますが、
暫定婚約ライフを満喫します!
～あなたの呪い、
嫌われ悪女の私が解いちゃダメですか?～
「聖女様のオマケ」と
呼ばれたけど、
わたしはオマケでは
ないようです。
毎月1日刊行!!
最新情報は
こちら

無自覚聖女は
今日も無意識に
力を垂れ流す
～今代の聖女は姉ではなく、
妹の私だったみたいです～
異世界転移して
教師になったが、
魔女と恐れられている件
～王族も貴族も関係ないから
真面目に授業を聞け～
ボクは光の国の
転生皇子さま！
～ボクを溺愛すりゅ仲間たちと
精霊の加護でトラブル解決でしゅ～
転生したら
最愛の家族に
もう一度出会えました
前世のチートで
美味しいごはんをつくります
こんな異世界の
すみっこで
ちっちゃな使役魔獣とすごす、
ほのぼの魔法使いライフ
強くてかわいい！
EARTH STAR LUNA
アース・スタールナ

聖女の加護を双子の妹に奪われたので旅に出ます ②

発行 ―――――― 2024年7月1日　初版第1刷発行

著者 ―――――― ななみ

イラストレーター ―――― にもし

装丁デザイン ―――― 村田慧太朗（VOLARE inc.)

発行者 ―――――― 幕内和博

編集 ―――――― 児玉みなみ

発行所 ―――――― 株式会社アース・スター エンターテイメント
〒141-0021　東京都品川区上大崎3-1-1
目黒セントラルスクエア　7F
TEL：03-5561-7630
FAX：03-5561-7632

印刷・製本 ―――――― 中央精版印刷株式会社

© Nanami / Nimoshi 2024 , Printed in Japan

この物語はフィクションです。実在の人物・団体・事件・地域等には、いっさい関係ありません。

本書は、法令の定めにある場合を除き、その全部または一部を無断で複製・複写することはできません。

また、本書のコピー、スキャン、電子データ化等の無断複製は、著作権法上での例外を除き、禁じられております。

本書を代行業者等の第三者に依頼してスキャン、電子データ化をすることは、私的利用の目的であっても認められておらず、著作権法に違反します。

乱丁・落丁本は、ご面倒ですが、株式会社アース・スター エンターテイメント 読書係あてにお送りください。

送料小社負担にてお取り替えいたします。価格はカバーに表示してあります。

ISBN 978-4-8030-1966-7